FLAUTA DE PAPEL

MANUEL BANDEIRA

FLAUTA DE PAPEL

Apresentação
Xico Sá

Coordenação Editorial
André Seffrin

São Paulo
2014

© Condomínio dos Proprietários dos Direitos Intelectuais de Manuel Bandeira
Direitos cedidos por Solombra – Agência Literária (solombra@solombra.org)

2ª Edição, Global Editora, São Paulo 2014

- JEFFERSON L. ALVES
  Diretor Editorial
- GUSTAVO HENRIQUE TUNA
  Editor Assistente
- ANDRÉ SEFFRIN
  Coordenação Editorial,
  Estabelecimento de Texto
  e Cronologia
- FLÁVIO SAMUEL
  Gerente de Produção
- FLAVIA BAGGIO
  Assistente Editorial
- DANIEL G. MENDES
  Revisão
- OLHARES/MANUEL VAGOS
  Foto da Capa
- TATHIANA A. INOCÊNCIO
  Capa
- EVELYN RODRIGUES DO PRADO
  Projeto Gráfico

A Global Editora agradece à Solombra – Agência Literária pela gentil cessão dos direitos de imagem de Manuel Bandeira.

CIP – BRASIL. Catalogação na publicação
Sindicato Nacional dos Editores de Livros, RJ

M453p
2. ed.

Bandeira, Manuel, 1886-1968
   Flauta de papel / Manuel Bandeira ; coordenação André Seffrin ; apresentação – Xico Sá. – 2. ed. – São Paulo : Global, 2014.

   ISBN 978-85-260-2066-5

   1. Crônica brasileira. I. Seffrin, André. II. Sá, Xico. III. Título.

14-11720
CDD: 869.98
CDU: 821.134.3(81)-3

Direitos Reservados

GLOBAL EDITORA E DISTRIBUIDORA LTDA.

Rua Pirapitingui, 111 – Liberdade
CEP 01508-020 – São Paulo – SP
Tel.: (11) 3277-7999 – Fax: (11) 3277-8141
e-mail: global@globaleditora.com.br
www.globaleditora.com.br

Obra atualizada
conforme o
Novo Acordo
Ortográfico da
Língua
Portuguesa

Colabore com a produção científica e cultural.
Proibida a reprodução total ou parcial desta obra
sem a autorização do editor.

Nº de Catálogo: **3500**

A Ribeiro Couto

SUMÁRIO

Nota da Editora 11
O puxa-puxa e o lero-lero do
cronista Bandeira – *Xico Sá* 13

José de Abreu Albano 19
Literatura de violão 23
Vitalino 31
Pedro Américo e Victor Meirelles 35
Minha mãe 39
A antiga trinca do Curvelo 43
João 45
Germaninha 49
Sérgio, anticafajeste 53
Carta devolvida 57
Começo de conversa 59
Machado de Assis 61
Machado e Abel 63
Ecos do carnaval 65
Alphonsus 67
Eduarda 69
Contra a mão 71
Rio antigo 73
O largo do Boticário 75
Finados 77
Brecheret 79

Viola de bolso	81
Temístocles	83
Ladainha	85
Astrologia e política	87
Manuelzinho	89
Civilização	91
Braga	93
Estilo romântico	95
Monat	97
Prudente	99
Olhai os lírios	101
Jograis de São Paulo	103
Orestes	105
O estrangeiro	107
Ovalle	109
Ballet	115
Retorno	117
A baleia gigante	119
Poesia em disco	121
Depoimento do modelo	123
Rose Méryss	125
O escultor	127
Tempos do Reis	129
Flora	131
Elsie Houston	133
Cronologia	135

NOTA DA EDITORA

Sempre comedido na avaliação de seu próprio legado literário, Manuel Bandeira considerava sua vasta obra de cronista um "simples bate-papo com amigos", conforme deixou registrado em "Advertência", nota estampada na primeira edição deste livro:

As minhas Crônicas da província do Brasil, cuja edição, que é de 1936*, se achava de há muito esgotada, não mereceriam reimpressão: alguma coisa delas foi aproveitada em outros livros, como, por exemplo, o que se referia a Ouro Preto e ao Aleijadinho; muita outra perdeu a oportunidade. Decidi, pois, reeditar apenas o que nelas me pareceu menos caduco, juntando-lhe numerosas crônicas escritas posteriormente, a maioria para o Jornal do Brasil. Chamei ao volume Flauta de papel, querendo significar, com tal título, que se trata de prosa para jornal, escrita em cima da hora, simples bate-papo com amigos. Não lhes dou, a estes escritos, outra importância senão a de ver em alguns deles o registro de fatos que desapareceriam comigo, se eu não os lançasse ao papel. A ideia da publicação partiu de Irineu Garcia, Lúcio Rangel e Paulo Mendes Campos, aos quais deixo aqui os meus agradecimentos.

Desta segunda edição de Flauta de papel foram retiradas apenas as treze crônicas iniciais que pertencem às Crônicas da província do Brasil. As demais aparecem aqui na mesma disposição organizada pelo autor em 1957.

---

* Engano do poeta: a edição é de 1937. (N.E.)

O PUXA-PUXA E O LERO-LERO DO CRONISTA BANDEIRA

A crônica é a arte do puxa-puxa: uma conversa vai puxando a outra. Seja uma conversa séria, fiada ou apenas divertida. Qualquer assunto tem serventia nesse gênero. O próprio Manuel Bandeira foi quem consagrou a expressão, ao referir-se, em uma crônica deste livro, ao amigo Rubem Braga, considerado o maior cronista brasileiro: "Agora estou como quero: compro de manhã o *Diário de Notícias* e vou logo à segunda página, ao puxa-puxa de Braga. Braga é sempre bom, e quando não tem assunto então é ótimo",[1] escreve o poeta.

Mais conhecido pela sua poesia, Bandeira, como a maioria dos nossos escritores, colaborava com vários jornais e revistas – tradição brasileira que faz parte da trajetória de clássicos da literatura, como Machado de Assis. Foi assim que começou o puxa-puxa do Bandeira cronista.

Ao contrário de Rubem Braga, que reinventou o gênero como mestre da falta de assunto ou da miudeza cotidiana, o poeta de "Estrela da manhã" sempre preferiu partir de um tema bem definido, seja um homem célebre, como o escultor Victor Brecheret[2] ou simples meninos peladeiros que quebravam, com destemidas boladas, as vidraças da sua casa na rua do Curvelo, no bairro carioca de Santa Teresa.[3]

---

[1] BANDEIRA, Manuel. Braga. In: _____. *Flauta de papel*. São Paulo: Global Editora, 2014, p. 93.

[2] Idem. Brecheret. In: Ibidem, p. 79.

[3] Idem. A antiga trinca do Curvelo. In: Ibidem, p. 43.

O tema era bem-posto desde as primeiras linhas. Na forma de escrever, entretanto, Bandeira também praticava o seu puxa-puxa com maestria. Capaz de falar de artes plásticas ou de levantar discussões literárias totalmente liberto da formalidade ou do tom solene que esses temas ditos sérios costumam exigir. Uma vez arriscou outro tipo de formalidade no estilo. Não no de colocar as ideias no papel, mas no estilo de se vestir, é bom que se diga. Teve de aguentar a gozação dos mesmos peladeiros de Santa Teresa, que zombaram ao vê-lo saindo de casa vestindo um fraque. Como se não bastasse o prejuízo constante com as janelas de vidro quebradas.

O sr. Manuel Carneiro de Souza Bandeira Filho, o poeta que nasceu no Recife e viveu a maior parte da vida no Rio, parecia mais sério na crônica do que no ofício que o fez famoso e importante na história da literatura brasileira. Um pouco mais sério. Nem por isso menos lírico, irônico ou melancólico. Com a mesma pegada "lero-lero / Vida noves fora zero." do poema.[4]

Mesmo quando o propósito não é o humor, a vida errante de alguns personagens, como é o caso das crônicas "José de Abreu Albano" e "O estrangeiro", nos leva à risada fácil. Esses dois anti-heróis, igualmente poetas e desvalidos, são adoráveis malucos ao olhar terno de Bandeira, outra marca destas crônicas. Cada um, à sua maneira quixotesca, vive de "descolar um troco", "filar uma boia de um amigo" e outras pequenas e humaníssimas trapaças. Aqui o fundo picaresco predomina, como nas narrativas da literatura de cordel que têm em João Grilo e Pedro Malasartes os seus mais geniais e amáveis protagonistas.

O poeta, enquanto velho e bom cronista, ainda nos oferece, na generosidade do seu puxa-puxa, um vasto painel cultural,

---

[4] Idem. Belo belo. In: _____. *Antologia poética*. São Paulo: Global Editora, 2013, p. 213.

político e dos costumes do país, especialmente do Rio de Janeiro dos anos 1950, que apresentava os primeiros sinais de modernidade. Essas transformações, para quem se habituara aos ares das *Crônicas da província do Brasil* (coletânea de textos de 1937), incomodavam o "pernambucarioca". Nas linhas de "Carta devolvida", Bandeira desabafa a um leitor: "o Rio está se tornando uma cidade infernal, superlotada, cansativa, inabitável".[5]

Flauta de papel também é uma agradável forma do leitor sentar à mesa de um botequim da época ou participar de uma roda de conversa em uma livraria com as figuras ilustres do convívio de Manuel Bandeira. Estão todos neste livro, em momentos memoráveis ou em rápidas citações. Aqui encontramos, entre outros, Carlos Drummond de Andrade, Mário de Andrade, Vinicius de Moraes, Sérgio Buarque de Holanda – a quem denomina "o anticafajeste"– e o amigo, o louvadíssimo Jaime Ovalle, a quem é dedicada a mais amorosa crônica deste volume. Carioca nascido no Pará, como se dizia, Ovalle era músico e poeta diletante, um intelectual boêmio e sem frescura adorado por todos eles.

Embora a prosa de Bandeira pareça suave, como se levasse a vida na flauta ou no assobio, o poeta expõe aqui os seus queixumes em relação à atividade de cronista da imprensa. É o que vemos no texto "Começo de conversa", quando trata das dificuldades para esse trabalho, relatando a experiência das três vezes que forneceu crônica periódica aos jornais *A Província*, do Recife, na fase em que foi dirigida por Gilberto Freyre; *Diário Nacional*, de São Paulo, e o *A Manhã* carioca:

> De todas três vezes levei vida apertada, a colaboração era semanal, eu ia adiando a tarefa até a véspera, che-

---

[5] Idem. Carta devolvida. In: _____. *Flauta de papel*. São Paulo: Global Editora, 2014, p. 57.

gava o dia e eu acabava garatujando qualquer coisa em cima da perna, uf! e respirava aliviado... Mas o demônio fazia a semana correr com velocidade de avião a jato, e a impressão que eu tinha era a que deve ter o condenado à cadeira elétrica... Isto, para quem não é jornalista, não é meio de vida: é meio de abreviar a existência.[6]

Para o leitor de *Flauta de papel*, parece moleza esse puxa-puxa. Lembra um lero-lero de botequim ou de praça pública, o lero-lero vida noves fora zero da cantiga poética do mesmo Bandeira.

Xico Sá

---

[6] Idem. Começo de conversa. In: Ibidem, p. 59.

FLAUTA DE PAPEL

JOSÉ DE ABREU ALBANO

Uma noite destas, conversava eu com o meu amigo Luís Aníbal e não me lembro mais como a conversa recaiu em José de Abreu Albano. Pouca gente conhecerá esse nome. Foi um homem estranho, tocado de loucura, que deixou uns poucos poemas de inspiração docemente melancólica e grande perfeição de forma. Era para ele um ponto de honra só escrever em linguagem quinhentista, pois a do seu tempo lhe parecia de uma vulgaridade indigna da poesia.

Lembro-me de o ter visto várias vezes na Livraria Garnier: baixo, meio gordo, barba negra cerrada, monóculo, olhar penetrante, andava sempre metido numa sobrecasaca preta e chapéu de feltro mole. Lembro-me de o ter visto uma tarde contestar o que lhe dizia João Ribeiro: – "Não diga tolices, João Ribeiro! Não diga tolices!" Fiquei estupefato com a liberdade daquelas palavras, porque João Ribeiro, que era meu mestre no Pedro II, me entupia de respeito.

Ora, Luís Aníbal privara com o poeta em Paris, onde José Albano viveu longos anos. A família Albano mandava regularmente uma boa mesada ao expatriado. Mas este esbanjava o dinheiro em poucos dias e passava o resto do mês em quase miséria. Lá já não usava a sobrecasaca: adotou uma espécie de blusa de veludo cor de castanha e não dispensava as luvas, que eram pretas e de tão surradas deixavam passar as pontas dos dedos.

Como se arranjava Albano para viver depois de acabada a mesada? Procurava os patrícios recém-chegados e propunha-lhes (não pedia, não era nenhum mendigo!) subscrevessem a próxima edição de suas obras poéticas completas.

– Quanto é? Indagava o novo subscritor, impressionado pelo aspecto insólito do visitante.
– Trezentos francos!

Naquele tempo era um soco na boca do estômago. Mas Albano acudia com a arnica: – Não é necessário pagar desde logo toda a importância: o senhor dá uma parcela por conta e eu voltarei a procurá-lo à medida que a impressão do livro progrida.

Albano saía com uma nota de cinquenta francos e ia jantar em restaurante caro. No dia seguinte estava de novo em apertos.

– Por que faz isso? Perguntou-lhe uma vez Graça Aranha.

Ao que o poeta respondeu com imensa dignidade:

– Numa sociedade bem organizada os poetas teriam direito ao néctar!

De uma feita chegou a Paris um paulista rico chamado Conceição. Albano indagou de Luís Aníbal: – Esse senhor Conceição compreende a poesia?

O meu amigo, que via o estado de penúria do poeta, e não podia no momento socorrê-lo, não teve dúvida em afirmar que sim. O paulista se hospedara no melhor hotel de Paris naquele tempo, o Claridge. Albano dirigiu-se para lá e declarou com ênfase ao porteiro: – Venho visitar o senhor Conceição. O homem olhou-o desconfiado e telefonou para o apartamento do hóspede. Anunciou "Mr. Albanô". Sucedia que o correspondente do senhor Conceição em Paris era um francês de nome Albanel. E o ricaço respondeu com efusão ao porteiro que fizesse subir imediatamente o visitante. Imaginem agora a surpresa do senhor Conceição quando lhe entrou pelo quarto não Albanel, mas Albano, o nosso José de Abreu Albano, propondo-lhe a subscrição de suas obras poéticas completas, preço trezentos francos! Maior, porém, foi a surpresa do próprio poeta ao receber do bom Conceição a importância integral, coisa que nunca dantes lhe havia acontecido!

Desta vez o poeta foi passar dois dias em Deauville, a praia mais elegante de França: os poetas têm direito ao néctar! Mas eu não estou batendo a máquina esta crônica para contar os expedientes de José Albano em Paris, expedientes em que não havia – é preciso que se note – nenhum espírito de trapaça: o poeta era um homem digno e altivo: acreditava candidamente na futura edição de seus poemas. Estou escrevendo sobre ele porque Luís Aníbal me revelou ter entre os seus papéis um poema de Albano que julgava inédito. Li os versos e me pareceram de uma grande beleza. Américo Facó, que era amigo do poeta, é que poderá dizer se são realmente inéditos. Intitulam-se "Triunfo" e só por aí já se pode adivinhar a feição e sabor petrarquista deles. Descreve Albano em tercetos primorosos – os mais puros que escreveu – a visão de um cortejo de Vênus, onde lhe aparece a bem-amada, a quem fala:

> E embora a gente humana te não louve,
> Hás de viver contente, conhecendo
> Que Polímnia te inspira e Apolo te ouve

A musa consola o poeta na mesma maravilhosa *terza rima* e são estas as suas últimas palavras:

> Ah, não me deixes nunca andar sozinho
> Mas dá-me sempre em aflição tamanha
> Um pouco de consolo e de carinho.
>
> Ó meu sonho d'amor, tu me acompanha
> Por esta vida, às vezes tão escura,
> Por esta vida, às vezes tão estranha.

Aqui não posso deixar de parar um pouco, porque já estou ouvindo Augusto Frederico Schmidt dizer comovido: – Que beleza! (Realmente, que profundidade de mistério e sentimento neste simples verso: "Por esta vida, às vezes tão estranha."!)

E o poema acaba:

> Assim falou e a flama em que me acendo
> Dentro do coração ia aumentando
> Enquanto a doce voz ia gemendo.
>
> E ela, que de Cupido segue o mando,
> Colheu no bosque os ramos duradouros
> E co'um sorriso milagroso e brando
> Me coroou de mirtos e de louros.

Há quem diga falando do poeta: – Pobre Albano! Eu não digo. Pobre, coisa nenhuma! José de Abreu Albano foi um altíssimo poeta, escreveu um dos mais belos sonetos da língua portuguesa e de todas as línguas, viveu perfeitamente feliz dentro do seu sonho, na loucura que Deus lhe deu e na miséria que foi a criação de sua própria mão perdulária.

15/4/1956

LITERATURA DE VIOLÃO[7]

Na sua obra dos *Paraísos artificiais*, no capítulo intitulado: "Do vinho e do haxixe comparados como meios de multiplicação da individualidade", Baudelaire evoca em páginas deliciosas a figura de um espanhol que durante muito tempo viajou com Paganini, acompanhando-o ao violão: foi antes da época da grande glória oficial de Paganini.

Levaram uma vida de boêmios ambulantes, vagando de cidade em cidade, de aldeia em aldeia, e onde quer que chegassem, cercava-os logo o espanto maravilhoso do povo ao ouvir as árias, as variações e os improvisos dos dois amigos. A fascinação de Paganini é facilmente compreensível, mas a do espanhol? Todo o mundo sabe como o timbre do violão fica desmerecido junto das vozes de um violino. Era mesmo preciso que esse espanhol, cujo

---

[7] Esta minha crônica envelheceu muito, pois o aparecimento de Andrés Segovia veio criar um grande repertório para o violão. O genial andaluz não só fez numerosas transcrições do velho repertório do alaúde e do cravo, como levou muitos compositores modernos, aos quais tem assombrado pela sua técnica e pela pureza de seu estilo, a escrever especialmente para o violão e para ele. Foi o que aconteceu com o nosso Villa-Lobos, que, depois de o ouvir em Paris no ano de 1929, compôs "12 Estudos" a ele dedicados. Anteriormente a esses Estudos, escrevera o nosso patrício as seguintes composições para violão: "Panqueca" (1900), "Fantasia" (1909), "8 dobrados" (1909-1912), "Dobrado pitoresco" (1910), "Quadrilha" (1910), "Tarantela" (1910), "Canção brasileira" (1910), "Suíte popular brasileira" (1914). Em 1940 compôs ainda "6 prelúdios". O italiano Castelnuovo-Tedesco e o mexicano Manuel Ponce escreveram um concerto cada um para violão e orquestra: o primeiro escreveu também uma "Serenata" para violão e orquestra. Casella e Manuel de Falla compuseram igualmente para Segovia: não tenho, porém, notícia de tais composições. O Concerto de Castelnuovo Tedesco está gravado em *longplay*. (N.A.)

nome ficou esquecido, fosse um ente sobrenatural para sustentar no seu violão o cotejo do violino de Paganini. Sem dúvida uma técnica prodigiosa lhe permitiria tirar sempre do instrumento aquelas vozes redondas e cheias, de emissão tão difícil nas passagens de alguma velocidade.

E são precisamente essas vozes as mais características do violão, aquelas que lhe dão o acento de melancolia e ternura íntimas, o seu encanto de instrumento incomparável para as horas de solidão e sossego.

Para nós brasileiros o violão tinha que ser o instrumento nacional, racial. Se a modinha é a expressão lírica do nosso povo, o violão é o timbre instrumental a que ela melhor se casa.

No interior, e sobretudo nos sertões do Nordeste, há três coisas cuja ressonância comove misteriosamente, como se fossem elas as vozes da própria paisagem: o grito da araponga, o aboio dos vaqueiros e o descante dos violões.

Desgraçadamente entre nós o violão foi sempre cultivado de uma maneira desleixada. É verdade que a sua técnica é ingratíssima e o tempo perdido em adquirir nele um mecanismo sofrível será bem mais compensador aplicado a outro instrumento de repertório mais rico e mais nobre. O desleixo, em todo o caso, era excessivo. Desconhecia-se por completo o dedilhado da mão direita. Basta dizer que se reservava o polegar para os bordões, o índice para o sol, o médio para o si e o anular para a prima. E esse dedilhado de harpejo era pau para toda obra. Havia dedilhados mais extraordinários. Lembra-me ter ouvido no sertão do Ceará a um cego que só se servia do índex. Quando tocava, dava a impressão de estar escrevendo nas cordas do violão. Só com esse dedo Zé Cego pintava o bode... O que não faria ele, se conhecesse a verdadeira técnica do instrumento?

Houve também uma certa prevenção contra o violão por carregar a fama de instrumento refece, alcoviteiro e cúmplice da gandaia em noitadas de sedução. Era, tipicamente, o instrumento *mauvais sujet*. Ele foi, porém, reabilitado pela visita que recebemos de dois artistas estrangeiros, os quais vieram revelar aos nossos amadores todos os recursos e a verdadeira escola dos grandes virtuoses de Espanha. Refiro-me a Agustín Barrios e Josefina Robledo.

O primeiro era paraguaio e tinha um jogo muito pessoal, brilhantíssimo. Era um rebelde, um revolucionário. Embora conhecesse perfeitamente a escola de Aguado (aprendera com um discípulo de García Tolsa), passava por cima dela muitas vezes. O emprego de cordas de aço, aliás, modificando um pouco o timbre do instrumento, exigia uma técnica especial. A de Barrios baseava-se no máximo aproveitamento possível da terceira corda, cujas vozes são mais cheias e pastosas. Todavia Barrios tocava com igual habilidade e encanto no encordoamento de tripa, como tive ocasião de verificar. Barrios compunha também. Eram próprias a maior parte das peças que executava.

Josefina Robledo foi discípula de Tárrega, o grande continuador da escola de Aguado, cuja tradição nos veio transmitir em toda a sua pureza. Deu numerosos concertos aqui e em São Paulo, captando o público pela suavidade do som e pela simplicidade e justeza da sua técnica. Tocava as passagens mais eriçadas com a mais tranquila modéstia. Ninguém podia suspeitar que dificuldades ela estava assim vencendo com um sorriso. Era sobretudo notável no harpejo. Josefina Robledo começou a formar alguns discípulos entre nós.

Além disso, observando a sua maneira de tocar, os nossos velhos amadores entraram a corrigir e reformar o dedilhado defeituoso que empregavam, de sorte que hoje já se vai começando a tocar com limpeza e estilo.

Mas o repertório? Eis um ponto que descoroçoa frequentemente os amadores. Comecemos por dizer que o repertório do violão é, além do próprio, todo o repertório do alaúde. O alaúde é um instrumento cuja caixa é parecida com a do bandolim, um pouco maior, braço alongado, e tem o mesmo número de cordas, afinadas da mesma maneira que as do violão. O timbre é também o mesmo, ligeiramente mais tênue. Antes da invenção das primeiras espinetas, era o instrumento preferido para acompanhamento de canto. Com o aperfeiçoamento dos primeiros instrumentos de teclado começou a decair a sua voga, até que foi quase completamente banido pela chamada guitarra espanhola, o nosso violão. Entretanto nas mãos das senhoras o alaúde é bem mais gracioso que o violão, embora em si mesmo este seja mais rico de sugestões plásticas, sobretudo se a caixa é de jacarandá. (Picasso tomou-o como tema de numerosos quadros seus, onde o violão volta sempre como uma obsessão.)

Existem entre as canções dos séculos XVI, XVII e XVIII deliciosas *bergerettes*, maliciosas e ternas, que as nossas amadoras poderiam reviver para aqueles que sabem saborear o antiquado encanto daquele repertório. Nos bons tempos do alaúde escrevera-se também grande cópia de solos em forma de suítes.

Certa vez tomei a liberdade de escrever uma carta ao grande mestre Vincent d'Indy, consultando-o acerca do repertório do violão. Escrevi sem grande esperança de alcançar resposta. Qual não foi a minha surpresa recebendo três meses depois a seguinte bondosa e extensa carta, cheia de informações preciosas sobre o assunto.

Genebra, 10 de janeiro de 1916.

Senhor.

Queira desculpar a minha demora em responder-lhe, mas desde a reabertura da Escola, no mês de outubro, não tenho mais nem um minuto de liberdade e só por ocasião das férias é que posso dispor de alguns instantes para responder às cartas, numerosas demais, *laissées en souffrance*...

Infelizmente não lhe posso deixar ilusões; nenhum mestre dos tempos passados escreveu para o violão, e mesmo nos tempos mais modernos, não vejo senão as quatro peças para piano e violão de Weber que sejam dignas de algum interesse.

Mas me parece que onde o senhor devia procurar, seria no imenso repertório do antigo alaúde, cujo único sucedâneo atual é o violão.

Há um sem-número de peças para o alaúde, quer peças originais em forma de suíte, quer transcrições de canções em voga no século XVI ("Batalha de Marignan", etc.). Somente, muito poucas foram restabelecidas em notação moderna e todo esse tesouro está escrito em tablatura e esparso em diversas bibliotecas.

Creio que quem lhe poderia informar com mais segurança a respeito das peças transcritas, seria Mr. Henri Expert, bibliotecário do Conservatório de Música; ele poderia em todo o caso, se o senhor quisesse, mandar copiar-lhe algumas das peças que se encontram naquela biblioteca.

Como a afinação do alaúde (à parte as cordas soltas) era, quanto às seis cordas, a mesma que a do violão, o senhor não teria nenhuma dificuldade em assimilar essas peças e isso ao menos seria música de verdade em lugar das insânias dos tocadores de violão.

Queira aceitar a expressão dos meus sentimentos da maior consideração.

Vincent d'Indy

A carta, que imediatamente escrevi ao senhor Henri Expert, bibliotecário do Conservatório de Música de Paris, nunca teve resposta.

Além das peças de Weber citadas por Vincent d'Indy, pode-se nomear a serenata de Mefistófeles da *Danação de Fausto*. Berlioz levou o seu violão para a Itália e foi mesmo nele que esboçou as melodias que serviriam de núcleo à futura ópera. Massenet, outro prêmio de Roma, também levou consigo o violão, em que dizem ter sido exímio improvisador. Nada, porém, conhecemos dele para o instrumento.

Dos compositores para o violão o melhor ainda me parece ser Aguado. Esse espanhol fez um sucesso espantoso em Paris, onde se apresentou por volta de 1825. Não tenho competência musical para decidir se as suas composições se devem também classificar entre as "insânias dos guitarristas". Creio entretanto que os três rondós, especialmente aquele em lá menor, podem chamar-se música. O tema do rondó em lá menor lembra o tema da "Patética" e o seu desenvolvimento tem o dinamismo e a bela e forte lógica dos de Beethoven.

Modernamente Tárrega, o mestre de Josefina Robledo, transcreveu para o violão algumas peças clássicas e românticas. Há notadamente uma *bourrée* de Bach que está muito bem adaptada.

Creio que são da própria Josefina Robledo umas transcrições, que ouvi em concertos seus, de algumas peças de Albéniz e Granados.

Barrios exaltava muito as peças de um certo Regondi (creio que do século XVIII), do qual apenas ouvi uma "Dança macabra", com efeitos de dissonância realmente interessantes e... diabolicamente difíceis.

Como se vê, um amador que se disponha a despender tenacidade e dinheiro, pode alcançar um repertório sofrível. Todavia, se os nossos músicos e os nossos editores quisessem mostrar um pouco de boa vontade, nós não precisaríamos ir buscar fora da nossa terra aquilo de que somos tão ricos. Bastava transpor ao violão os nossos maxixes, tangas e cateretês. Em muitos casos a transposição já se fez, mas não foi escrita. Barrios transpôs a deliciosa "Viola cantadeira". Mas não a escreveu. Ele, que tinha um considerável repertório próprio, onde passa aquela selvagem melancolia de guarani despaisado na civilização latina, nunca fez imprimir uma só peça!

Os nossos tocadores de violão compuseram peças de caráter brasileiro interessantíssimas. Correm, porém, de oitiva. Tais são os maxixes de Arthidoro da Costa, João Pernambuco, Quincas Laranjeiras e outros de igual valor.

VITALINO

Certa vez, em circunstância muito especial, perguntei a quem estava comigo: "De onde que você é?" – "De Caruaru", ela respondeu. Foi a conta.

Passaram-se os anos e eu vim conhecendo muitos outros naturais da cidadezinha pernambucana: Bartolomeu Anacleto, Austregésilo de Athayde, Álvaro Lins, os irmãos Condé, cada um dos quais – os irmãos Condé e os outros três – bastaria para dar celebridade ao mais caruaru recanto do Brasil.

Mas não me consolo de não conhecer ainda em carne e osso Vitalino.

– Vitalino?

– Sim, Vitalino. Vitalino Pereira dos Santos. Um homem de 43 anos, analfabeto, que nunca calçou sapatos, nunca entrou num cinema, nunca desceu a Recife...

– Você está dizendo o que ele nunca fez... E o que é que ele faz?

– O que ele faz, o que ele sempre fez desde os seis anos de idade, olhe estes papagaiozinhos, estes tourinhos, aqueles burrinhos, são essas figuras de barro, que ele vende todos os sábados na feira de Caruaru.

A feira semanal de Caruaru não é como estas do Rio não. É toda a rua do Comércio, quer dizer um estirão de quilômetros, tão comprida quanto a mesma cidade, e onde se compra de um tudo, desde o gado em pé até o que você possa imaginar, salvo, bem entendido, geladeira elétrica e automóvel Cadillac. A feira de Tenochtitlán, que tanto assombrou a Cortés, devia de ser assim.

Quando Álvaro Lins e João Condé eram meninos, iam todos os sábados à feira indigestar com frutas e doces e comprar calungas de barro. Compravam os calungas (que ainda não eram os de Vitalino), não, como fazem agora, para adornar o apartamento, mas para massacrá-los nos jogos similimilitares da meninice. Porque é preciso que se saiba: esses calunguinhas de barro, hoje tão admirados pelos estrangeiros que nos visitam e que os apreciadores da arte moderna admitem nas mesas e vitrinas de seus *living rooms* ao lado das cerâmicas de Picasso e na companhia das deformações expressionistas de Portinari (os seus autores, pobres matutos nordestinos, jamais pensaram merecer um dia tamanha honra), começaram a ser feitos para servirem de paliteiros ou brinquedos infantis; eram manufatura de louceiros, que fabricavam (e continuam a fabricar) panelas, talhas, moringas (no Norte se chamam "quartinhas"), potes, jarros, etc.

A mãe de Vitalino era louceira. E foi vendo-a moldar os tourinhos de cachaço crivado de furos para neles se espetarem os palitos de dente, que Vitalino sentiu aos seis anos vontade de plasmar aqueles outros bichos, como os via no terreiro de casa – galos, cachorros, calangos. Depois feras – onças, jacarés. Depois gente...

Como foi aprendendo? Ele mesmo achou a melhor expressão para a resposta quando disse a João Condé: "Puxando pela cadência".

Vitalino viveu anos e anos obscuro, casou-se, teve seis filhos, três dos quais já iniciados hoje na arte do pai. Parece que quem trouxe o nome de Vitalino para o Rio foi Augusto Rodrigues. Hoje Vitalino já é citado em Paris... Mas continua comparecendo todos os sábados à feira de Caruaru com o seu tabuleiro de calungas de barro. Só que hoje não custam mais dois vinténs, como no tempo da meninice de João Condé.

Também a arte de Vitalino veio se complicando. Já não se limita ele aos simples bichinhos de plástica tão ingenuamente pura. Atira-se a composições de grupos, com meio metro de comprido e uns vinte centímetros de altura. Cenas da terra: casamentos, confissões na igreja, o soldado pegando o ladrão de galinhas ou o bêbado, a moenda, a casa de farinha, etc. Já vi Gilberto Freyre esbravejar contra essa degeneração para o anedótico numa arte que encantava tanto sem auxílio da anedota. Foi em casa de João Condé, que naturalmente não ousou piar na frente do trovejante mestre de Apipucos. Mas, cá para nós, ele bem que gosta do matuto trepado no alto do pé de pau e atirando nas duas onças...

Eu poderia contar muita coisa interessante de Vitalino. Não o faço porque não quero roubar um assunto que pertence a Condé. Um dia vocês verão tudo isso no *Jornal de Letras*, ou quem sabe aqui mesmo na *Manchete*, se Henrique Pongetti conseguir que o homem dos "arquivos implacáveis" venha para estas páginas, com os seus *flashes* e as suas fichas.

Aliás, nesse delicioso ainda que humilde gênero de escultura, Vitalino não está sozinho não. Outras cidadezinhas do interior de Pernambuco (de todo o Nordeste, creio eu, não sou entendido no assunto, esta crônica devia ter sido encomendada à mestra Cecília Meireles) têm o seu Vitalino. Por exemplo Serinhaê tem o Severino. Naturalmente quando se trata de saber quem entre os dois é o tal, os colecionadores se dividem. E naturalmente também, os Condés torcem para o Vitalino, que é de Caruaru.

Já tive muitas dessas figurinhas em minha casa. Não sei se alguma era de Vitalino ou de Severino. Sei que eram realmente obras de arte, especialmente certo papagaiozinho naquela atitude jururu de quem (quem papagaio) está bolando para acertar uma digna do anedotário da espécie. A simplificação plástica valia as de Lipschitz. Acabei dando o meu papagaio. Sempre acabei dando os meus calungas de barro. Não há coisa que se dê com mais prazer.

    Mesmo porque, quando não se dá, elas se quebram. Se quebram com a maior facilidade. E isso, na minha idade, é de uma melancolia que me põe doente. Não quero mais saber de coisas efêmeras. Deus me livre de ganhar afeição a passarinho: eles morrem à toa. Flor mesmo dei para só gostar de ver onde nasceu, a rosa na roseira, etc. Uma flor que murcha num vaso está acima de minhas forças. Sou um mozarlesco, que hei de fazer?

PEDRO AMÉRICO E VICTOR MEIRELLES

Todos os brasileiros aprendemos desde meninos que Pedro Américo foi o maior pintor brasileiro, crença que nos foi imposta por uma geração que chegou até a chamar à pintura "a arte de Pedro Américo". Nos livros escolares de péssima impressão víamos, curiosos, a fotografia da *Batalha do Avaí* e cinco por cento dos garotos do meu tempo terão ido ver o original nas galerias crepusculares do nosso Museu.

Pedro Américo terá sido realmente o maior pintor brasileiro? Terá sido (deixando de lado Almeida Júnior, o preferido de Portinari) maior que Victor Meirelles? As aparências são por Pedro Américo contra Victor Meirelles – pela abundância, pelas dimensões das telas, pela ambição dos assuntos. No entanto, se eu tivesse de escolher entre as duas obras, guardaria, sem hesitação, a de Victor Meirelles. Todas as qualidades que não são propriamente do domínio da pintura, todas as qualidades de ordem geral – inteligência, sensibilidade, dons poéticos – me parecem mais acusadas no catarinense do que no paraibano. Pedro Américo é certamente destríssimo. Mas tanta facilidade me irrita. Com má vontade entrego os pontos diante de um tratamento da matéria como há em *A rabequista árabe*, em *O consertador de bandolim*, nos retratos de Porto Alegre e no autorretrato, porque queria ver a mesma consciência em telas mais ambiciosas, por exemplo, nas nudezas tão falsas, tão teatrais de *O noviço*, *A mulher de Potifar* (de tão incrível vulgaridade), de *David e Abisag*... *A carioca* é bem mais honesta, mas não faz lembrar as fontes da Renascença com a sua água a gorgolejar ao lado da mulher? Pedro Américo sobrecarregava as suas composições, e um quadro em que a figura é ótima, como *O voto de Heloísa*, resulta prejudicado por esse barroquismo enfeitador. A fraqueza de composição em Pedro Américo transparece evidente cotejando-se o quadro realizado em grande e o seu esboço. Assim em *Voltaire abençoando o neto de Franklin*: o esboço é bem-composto e harmonioso; no grande quadro as novas figuras introduzidas à direita, o vermelho do pano e do gorro vieram desequilibrar a composição, que no esboço tinha outra ponderação de volumes e de cores.

E a famosa batalha? Terreno perigoso como todo terreno de batalha... Meu patriotismo não dá um sinal de sua graça diante daquela orgia sem embriaguez. Entenda-se: orgia de movimentos, embriaguez de entusiasmo. Podemos contar os grãos das espigas de milho, as riscas do pano, etc. e no entanto não há na sala do Museu bastante espaço para o necessário afastamento que permita abranger comodamente o conjunto da composição. Aqui a falsidade está no gênero mesmo. Pinta-se um episódio de batalha, como fez Victor Meirelles na sua *Batalha dos Guararapes*, mas o conjunto de uma batalha? É coisa que só se vê de tão alto, que não restaria, como advertiu Baudelaire, senão um quadro de tática ou de topografia. Os pintores acreditaram resolver a dificuldade fazendo uma colcha de retalhos – cada episódio um retalho. Há vinte quadros episódicos na tela de Pedro Américo: retratos (Caxias, tão espectador, tão contemplativamente turístico, Osório, etc.), naturezas-mortas (as espigas de milho com todos os seus grãos), etc. Baudelaire não suportava o quadro militar mesmo quando simples episódio da carreira das armas: detestava aquela imobilidade na violência – *"l'épouvantable et froide grimace d'une fureur stationnaire"*. A *Batalha do Avaí* é um modelo típico desse furor estacionário.

Tenho a impressão que o pincel na mão de Pedro Américo não oferecia a mínima resistência: julgava-se na mão do gênio e obedecia. Em Victor Meirelles acho que se dava o contrário: o pincel resistia, mas o artista duvidava, refletia, teimava, e o pincel acabava obedecendo da mesma maneira, mas transmitindo à tela o calor da luta. Em quase todos os quadros do pintor se nota o mesmo cuidado que ele punha nos pequeninos estudos de trajos.

Todos os seus retratos têm segurança de composição, de penetração, de expressão (retratos de Nabuco de Araújo, dos pais de Bittencourt da Silva, deste e de Eusébio de Queirós). Gosto das suas paisagens do Rio, de tons baixos como de dias sem sol. Será possível que eu me engane pondo a *Primeira missa* acima de tudo o que fez o nortista? Eis o que me parece um grande quadro, em que tudo concorre harmoniosamente para a composição; em que todos os tons se combinam e progridem para o branco esplendor da casula de Frei Henrique, repousante como uma cadência perfeita naquele movimento ascensional das almas.

Quem é maior: Gonçalves Dias ou Castro Alves? Nunca soube responder à incômoda pergunta. Mas entre Pedro Américo e Victor Meirelles não hesito.

MINHA MÃE

O livro mais precioso de minha biblioteca é um velho caderninho de folhas pautadas e capa vermelha, comprado na Livraria Francesa, rua do Crespo, 9, Recife e em cuja página de rosto se lê: "Livro de assentamento de despesas. Francelina R. de Souza Bandeira". Francelina Ribeiro de Souza Bandeira era o nome de minha mãe. Mas toda a gente a conhecia e tratava por dona Santinha. Em meu poema dos "Nomes" escrevi:

> Santinha nunca foi para mim o diminutivo de Santa.
> [...]
> Santinha eram dois olhos míopes, quatro incisivos claros
> [à flor da boca.
> Era a intuição rápida, o medo de tudo, um certo modo de
> [dizer "Meu Deus valei-me".

Até hoje não pude compreender como tão completamente pude dissociar o apelido Santinha (mas só na pessoa de minha mãe) do diminutivo de santa. Santinha é apelido que só parece bom para moça boazinha, docinha, bonitinha – em suma mosquinha-morta, que não faz mal a ninguém. Minha mãe não era nada disso. E conseguiu, pelo menos para mim, esvaziar a palavra de todo o seu sentido próprio e reenchê-lo de conteúdo alegre, impulsivo, batalhador, de tal modo que não há para mim no vocabulário de minha língua nenhuma palavra que se lhe compare em beleza cristalina e como que clarinante.

Mas voltemos ao caderninho. Ilustra ele curiosamente a desvalorização de nossa moeda. Iniciado em fevereiro de 1882 (minha mãe casara-se em janeiro), contém naquele ano e nos anos seguintes apontamentos como estes:

Calçado pra mim ....9$000
Uma lata de bolachinhas ....1$000
Tesoura e escova ....1$900
Espartilho e chapéu de sol ....25$000
Uma missa ....3$000
Ordenado de Vicência cozinheira ....17$000
12 galinhas ....10$000

Há alguns longos hiatos nesse registro quase diário. O que me interessa mais particularmente é o que ocorre no dia 18 de abril de 1886, porque no dia seguinte nascia eu. Lá para o fim do caderno vem esta nota:

> Nasceu meu filho Manuel Carneiro de Souza Bandeira filho, no dia 19 de abril de 1886, 40 minutos depois de meio-dia, numa segunda-feira santa. Foi batizado no dia 20 de maio, sendo seus padrinhos seu tio paterno dr. Raimundo de Souza Bandeira e sua mulher dona Helena V. Bandeira.

Sempre me acharam muito parecido com minha mãe. Só no nariz diferíamos. A semelhança estava sobretudo nos olhos e na boca. Saí míope como ela, dentuço como ela. Há dentuços simpáticos e dentuços antipáticos. Muito tenho meditado sobre esse problema da antipatia de certos dentuços. Creio ter aprendido com minha mãe que o dentuço deve ser rasgado para não se tornar antipático. O dentuço que não ri para que não se perceba que ele é dentuço está perdido. Aliás, de um modo geral, a boca amável é a boca em que se vê claro. Era o caso de minha mãe: tinha o coração, já não digo na boca mas nos dentes, e estes eram fortes e brancos, alegres, sem recalque: anunciavam-na. Moralmente julgo ser muito diferente dela, mas fisicamente sinto-me cem por cento dela, que digo? sinto-a dentro de mim, atrás de meus dentes e de meus olhos. Moralmente sou mais de meu pai, e alguma coisa de meu avô, pai de minha mãe. Sinto meu avô materno nos meus cabelos, sinto-o em certos meus movimentos de cordura. Naturalmente essas coisas me vieram através de minha mãe. Minha mãe transmitiu-me traços de meu avô que, no entanto, não estavam nela. Que grande mistério que é a vida! Minha mãe era espontânea, sabia o que queria, não era nada tímida: ótimas qualidades que não herdei. Notou Mário de Andrade como em minha poesia a ternura se trai quase sempre pelo diminutivo: creio que isso (em que eu não tinha reparado antes da observação de Mário) me veio dos diminutivos que minha mãe, depois que adoeci, punha em tudo que era para mim: "o leitinho de Neném", "a camisinha de Neném"... Porque ela me chamava assim, mesmo depois de eu marmanjo. Enquanto ela viveu, foi o nome que tive em casa, ela não podia acostumar-se com outro. Só depois que morreu é que passei a exigir que me chamassem – duramente – Manuel.

A ANTIGA TRINCA DO CURVELO

Vai para uns quinze anos escrevi uma crônica sobre a trinca do Curvelo. Curvelo, a rua do Curvelo, em Santa Teresa, hoje rua Dias de Barros. Expliquei então que trinca era na linguagem da molecada a baderna dos meninos do bairro e passei em revista alguns dos tipos mais curiosos da malta do Curvelo – Lenine, o menor de todos que, quando batia à minha janela para pedir um níquel e eu não dava, ameaçava esbodegar a minha porta; Antenor, que eu chamava o antena Antenor; Ivã, que apelidei o Terrível; os irmãos Ernâni e Álvaro, os irmãos Piru Maluco, Arlindo e Ademar, os irmãos Culó e Orlando, o Encarnadinho, Juca Mulato e outros. Essa miuçalha vivia batendo bola em frente das minhas janelas, porque só ali, naquele trecho da rua, se praticava a verdadeira democracia, com absoluta liberdade de espatifar as vidraças nas vicissitudes do *football* de calçada... isso enquanto não foi meu vizinho fronteiro o austero Celso Vieira, então secretário da Corte de Apelação. De tempos a tempos a trinca do Curvelo travava lutas homéricas com a trinca de Hermenegildo de Barros, gentinha de morro abaixo, que a outra olhava com o maior desprezo.

Escrevendo sobre a velha trinca, arrisquei um prognóstico otimista que deu inteiramente certo. "Os piores malandros da terra", disse: "O microcosmo da política. Salvo o homicídio com premeditação, são capazes de tudo. Mentir é com eles. Contar vantagens, nem se fala. Valentes até à hora de fugir. A impressão que se tem é que ficando homens vão todos dar em assassinos, jogadores, passadores de notas falsas... Pois nada disso. Acabam lutando pela vida, só com a saudade do único tempo em que foram verdadeiramente felizes..."

Tal e qual. Mudei-me do Curvelo para a Lapa. Durante alguns anos tive notícias da trinca por Ernâni, que de quinze em quinze dias ia encerar o meu apartamento. Mas Ernâni entisicou e morreu. Quando estava nas últimas, mandou-me um recado, pedindo-me que o fosse ver. Fui. Ernâni sofria sem nenhum sentimentalismo. Em certo momento a irmãzinha, um anjo louro, não soube acudir-lhe a tempo com a escarradeira. – "Dá um bofetão nessa burra!" gritou o quase moribundo para o irmão Álvaro. A trinca era assim. Dois dias depois morreu.

Perdi o contato com a trinca. Hoje, passando na avenida Rio Branco, vi o Álvaro. Álvaro vende bilhetes de loteria e joga *football*. Está com vinte e um anos, não quer saber de casamento. Foi ele que me deu notícia dos companheiros de dez anos atrás.

A única tristeza é a loucura de Lenine (já no tempo do Curvelo sofria de ataques epiléticos). Os outros, porém, prosperaram. Encarnadinho é alfaiate na Lapa; o pretinho Malaca, ajudante de alfaiate; Culó, aviador; Orlando e Rafael, cadetes do exército; Piru Maluco e Arlindo, gráficos; Zeca Mulato foi sapateiro, mas estudou e hoje é datilógrafo; Bacurau é investigador; Ademar, jogador de boxe e de luta livre... Nenhum se perdeu. Nenhum tem nota de culpa na polícia.

Tenho saudades desses meninos. Prestavam-me de vez em quando um servicinho, ao que eu procurava corresponder com fornecer-lhes linha e papel fino para os papagaios. Uma vez por outra um susto – pá! – o impacto da bola "que saía fora pela linha das arquibancadas". Duas vezes, a minha vidraça partida. Raiva, raiva de verdade só me deram uma vez, em que saí de fraque para um casamento. Não vos conto nada: a trinca suspendeu a partida de *football* e começou a gritar: "Seu Manuel Bandeira de fraque! Seu Manuel Bandeira de fraque!" Também foi a última vez que vesti fraque na minha vida.

JOÃO

Estes últimos dias ando posando para um poeta que virou escultor e está fazendo a minha cabeça. Quase sempre ficamos sós, e enquanto o amigo vai modelando os meus traços cansados, conversamos de uma coisa e outra – poesia, pintura, bichos, mulheres, crianças. Uma vez apareceu Ratinho. Ratinho é uma menininha de onze anos, filha de um empregado da Light[8] que tem sete filhos e ganha 350 cruzeiros. Perguntei a Ratinho se achava a cabeça do escultor parecida com o modelo. Achou mas sem mostrar grande interesse pela arte. Estava evidentemente fascinada pelo meu suspensório de vidro (sub-repticiamente começou logo a arranhá-lo com a unha). Ratinho ganha 20 cruzeiros mensais para pajear um pequenino-burguês langanho, e entrega todo o dinheiro ao pai. Quando soube disso, propus-lhe jogarmos cara ou coroa: perdi para ela seis cruzeiros. Pedi-lhe um beijo de indenização: não vê que me deu!

Duro plantão que é posar para escultor! Nenhum me pega mais. O meu amigo me passou para o barro com a maior indiscrição. O pior é que me vou sentindo roubado em minha vida. A coisa dá na fraqueza da gente, palavra. Ontem eu estava positivamente desmilinguido, de sorte que a chegada de João foi uma alegria, um conforto, uma transfusão de sangue.

João chegou e abriu largamente os braços. Foi logo contando que um sujeito na rua, vendo-o de luto, pontificou que o luto é uma convenção tola. Ao que João respondeu: – Deixe eu botar meu lutinho!

---

[8] Empresa responsável pela distribuição da energia elétrica na cidade do Rio de Janeiro. (N.E.)

Depois João contou a história do gato de Chica. O bichinho desapareceu. Chica ficou inconsolável. Gastou um dinheirão de anúncios nos jornais. Anúncios lancinantes.

– Como eram os anúncios, João?

E João começou: "Perdeu-se..." tão patético o tom... que nós caímos na risada. – O gato era bonito? – Um angorá! mas todo aleijadinho. Afinal apareceu na estrada Rio-São Paulo... – Na estrada Rio-São Paulo? Um gato aleijado? – É... Foi apanhado numa rua de Santa Teresa por um português, *chauffeur* de caminhão. – Mas para que diabo queria esse português um gato aleijado? – Pra matar: ele matou um gato sem querer e, pra se livrar do azar, precisava matar mais seis: o gato de Chica perfaria a conta... Mas a verdade é que não matou o gato, o anúncio foi lido, e o bichinho voltou a Santa Teresa.

Depois da história do gato, falamos de Esmeralda, uma das muitas paixões de João. Conhecíamos muitos episódios do caso. Esmeralda já virou a cabeça de uma porção de sujeitos. No entanto não é bonita, não é fina, não é boa (o leitor me entende!). Coisa misteriosa. O Álvaro tentou certa vez esclarecer o enigma com um gesto e uma frase que infelizmente não se pode repetir. O fato é que Esmeralda depenava os seus adoradores um depois do outro, e como residia em casa de porão alto, os adoradores depostos passavam a morar no porão e confraternizavam, entre si e com o último empossado. Uma organização perfeita.

João era recebido por Esmeralda na esquina de uma travessa da rua dos Voluntários da Pátria. Esmeralda punha-lhe uma venda – um lenço de seda preta perfumado de *Amour Amour*. Assim andava alguns minutos, depois subiam uma escada e, quando se lhe restituía a vista, João se achava num *boudoir* fabuloso, com jarrões da China e uma estante cheia de edições preciosas em Madagascar e *pur fil Lafuma*. Seguia-se o amor...

João é aquele mesmo amigo a quem chamávamos o Santo da Ladeira, o Místico, só leu um livro na vida – a Bíblia. Schmidt definiu-o: "Aquele de antigamente, que vagava nas ruas..." João hoje não vaga mais nas ruas, não se abraça mais com os postes da Light em crises de ternura... Mas foi em vão que morou três anos em Londres. Foi em vão que se tornou poeta inglês. No fundo continua o mesmo João, embora mais sedentário, mais triste. O mesmo João que sabe descobrir a beleza nas mulheres mais feias. O caso de Esmeralda.

– Mas João, disse o escultor, não sei como você foi se apaixonar por uma mulher daquelas!

Com assombro de nós dois, João se desculpou:

– Mas foi uma noite só!

GERMANINHA

Desde ontem à noite que sopra lá fora um vento furioso. Impossível abrir as janelas, que pelas mesmas frinchas das venezianas o frio jorra em ondas de tamanho desconforto. Me sinto em meu quarto exposto como em campina rasa. Todavia a desordem, o desespero, a fúria do tufão são impotentes para quebrar o meu ritmo interior que é apenas de triste sossego: trago dentro de mim a imagem da morte sob as aparências mais serenas e mais soberanas. Continuo a ver em imaginação o rosto sem vida de Germana.

No primeiro momento de contemplação senti que a vida, o que foi vida (tão ardente, tão ansiosa) naqueles traços delicados e firmes, já andava longe, longe, oh tão longe e por eternidades formidáveis. Repeti para mim mesmo os versos pressagos de Vignale:

Te alejas
te vas te vas
por la cuesta
de la eternidad...

O espírito se fora, levando consigo tudo o que havia nele de infantil, brincalhão, boêmio, versátil, inconsequente. Ali estava a máscara corajosa da mulher que com um físico de menina

más pequena que lágrima
más suave que morro de oveja
más tierna que agua del alba
más dulce que tu mismo, oh pájaro!

disputara sempre a felicidade palmo a palmo, pelos caminhos mais rudes, destemerosa de viver perigosamente, expondo sempre a saúde, que afinal fraqueou longe dos ares natais, cúmplices benignos. A doença não a abateu: separou-se animosamente do esposo e do filhinho, tentou os recursos mais ásperos e mais arriscados, – queria viver. No fim queria viver ao menos o bastante para se despedir de Vignale e do menino, pelos quais morreu gritando, gritando.

O vento pode se desmandar lá fora: eu trago dentro de mim a imagem da face morta de Germana. Me lembro do tempo em que a sua voz ainda rouca de adolescência evocava pelo sortilégio dos timbres as forças da natureza, da nossa natureza:

> *Cuando tú cantas*
> *crece entorno la selva*
> *y se oye nacer el viento*
> *que sube*
> *desde el profundo límite*
> *de tu naturaleza*
> *Tu voz cálida de trópico*
> *Tu voz*
> *para llamar*
> *Dios*
> *entre nosotros.*

A indisciplina de Germana não lhe permitiu realizar-se artisticamente com todo o esplendor que seria de esperar de um timbre impressionante e de um riquíssimo temperamento. Conheci-a quando renunciou à ópera ("Não sou mais operária!" caçoava) para se dedicar ao repertório de fundo folclórico. Ouvi-a pela primeira vez cantando as saborosas melodias de Jaime Ovalle: "Berimbau", "Zé Raimundo", "Papai Curumiassu". Viajou ao Nordeste, colheu temas populares, toadas de trabalho. Com esse material, que foi das primeiras a aproveitar sistematicamente em recitais, transportou-se às Repúblicas do Prata, onde foi grande o seu sucesso. Mau grado o que havia ainda a polir na sua arte toda espontânea, soube revelar aos nossos vizinhos os acentos mais característicos da música do povo, – a nossa melhor música. Sua voz era da mais comovente qualidade:

> *En ti el dolor de América*
> *brota*
> *com la ingenuidad de una fuente*
> *El dolor de la selva virgen*
> *Apretada de muerte*
> *El dolor de la fazenda terrible*
> *El dolor de nuestras ciudades*
> *melancólicas*
> *suburbanas*
> *pantanosas como crepúsculos*
> *donde se ahogan las razas.*

Germana não era para mim uma amiga: tratei-a sempre como aos rapazes meus amigos. Gostei sempre dela como de um amigo. Foi a única experiência que tive desse gênero, tanto mais surpreendente quanto sobrava nela todo o encanto feminino que poderia perturbar, envenenar a nossa pura camaradagem. Com essa inocência era que se deixava ficar conosco até altas horas em cafés da cidade ou no Restaurante Reis.

O Reis! Foi, pode-se dizer uma descoberta de Germana. O dinheiro na roda era escasso. Germana, – Germaninha, que assim a chamávamos, possuía o talento de organizar um *menu* para cinco sem exceder, duas garrafas de vinho do Rio Grande inclusive, a nota de dez mil-réis. Não sei bem como era, nunca pude saber, mas o fato é que todos saíamos bem jantados e alegres. Naquele tempo o Reis era a metade do que é hoje. Não tinha letreiro a gás *neon*, nem *frigidaire*. Mas já o animava o mesmo espírito cantado em versos magníficos pelo simpático Tuñon:

*Conozco, camaradas, varios rincones del mundo. Conozco el
[restaurant de Léon y Baptiste en la rue des Martyrs
Conozco la granja de Villa Rosa en Barcelona.
Conozco el Puchero Misterioso en Buenos Aires.
Conozco el restaurant de la Salamandra en Chartres. Conozco
[la freiduría del Coral en Málaga.
Y hoy, amigos, qué lejos están esos rincones de nuestro
[restaurant Reis, digno de Rabelais y de Rimbaud!
Oh restaurant Reis, grande, espeso, picante, popular, oloroso,
[luminoso, impúdico y sonoro!*

O mesmo espírito de fraternização internacional caro aos operários, aos artistas, aos decaídos de todos os rótulos. *Rotisserie Naval* chamava-se-lhe na roda dos irmãozinhos: naval porque ficava na vizinhança do Club Naval, *Rôtisserie,* por literatura e para estabelecer o equívoco...

Germana, irmãzinha:

*Te oímos: te alejas
te vas te vas
por la cuesta
de la eternidad.*

SÉRGIO, ANTICAFAJESTE

Há uns poucos, muito poucos escritores nossos, cuja formação nos dá uma impressão de milagre. Como terá sido possível que chegassem a tamanha força e tamanha disciplina mental dentro do nosso atraso e da nossa desordem? Três sobretudo me espantam: Machado de Assis, João Ribeiro e Sérgio Buarque de Holanda. No entanto, são todos três bem brasileiros e até bem de suas províncias: Machado, bem carioca; João Ribeiro bem nordestino; Sérgio bem paulista. O enxerto de cultura estrangeira em gleba nacional de tão generoso teor não será bastante para explicar a superioridade deles, já que em outros autores, muito estimáveis decerto, os mesmos elementos não puderam gerar a robusta originalidade daqueles três mestres, cada um dos quais verdadeiramente sem par em sua geração.

Por diferentes que pareçam, há um traço a irmaná-los: não sei como chamá-lo senão pelo que possa ser o antônimo de cafajestismo. O meio carioca é cafajeste e creio que sempre foi assim, pelo menos desde os tempos de Pedro I. Pois Machado, nascido e criado aqui, João Ribeiro e Sérgio, vivendo aqui desde os vinte ou vinte e poucos anos, não apresentam a menor tisna de cafajestismo. Sérgio é o anticafajeste por excelência. Bem, Sérgio é paulista e todo paulista tem os seus defeitos, mas é raro que seja cafajeste.

A classe de Sérgio! Foi a primeira qualidade que me chamou a atenção para ele há uns trinta anos. Nunca me esqueci de sua figura certo dia em pleno largo da Carioca, com um livro debaixo do braço e no olho direito o monóculo que o obrigava a um ar de seriedade. Naquele tempo não fazia senão ler. Estava sempre com o nariz metido num livro ou numa revista – nos bondes, nos cafés, nas livrarias. Tanta eterna leitura me fazia recear que Sérgio soçobrasse num cerebralismo cuja única utilidade seria ensinar a escritores europeus de passagem pelo Rio a existência, desconhecida por eles, de livros e revistas de seus respectivos países. Sérgio talvez não tivesse lido ainda a *Ilíada* ou *A divina comédia*, mas lia todas as novidades das literaturas francesa, inglesa, alemã, italiana e espanhola. Sérgio não soçobrou: curou-se do cerebralismo caindo na farra. Dispersou a biblioteca, como se já a trouxesse de cor (e trazia mesmo, que memória a dele!) e acabou emigrando para Cachoeiro de Itapemirim. As suas andanças por lá podem ser contadas pelo príncipe dos cronistas brasileiros, o velho Braga, que naquele tempo era ainda menino, e suspeito que fez parte das badernas que acompanhavam em assuada os passos malseguros do dr. Progresso.

Por um triz que Sérgio se perde, e foi quando pretendeu ser professor no Ginásio de Vitória. O Estado do Espírito Santo até hoje não sabe a oportunidade que botou fora quando o seu governador de então voltou atrás do ato que nomeava professor de História Universal e História do Brasil o futuro autor de *Raízes do Brasil*. Benditos porres de Cachoeiro de Itapemirim! Eles nos valeram a devolução, em perfeito estado, de Sérgio, enfim descerebralizado, pronto para a aventura na Alemanha, de volta da qual já era a figura sem-par a que me referi no começo destas linhas.

Sérgio já não lia mais nos cafés, desinteressara-se bastante da poesia e da ficção, apaixonara-se pelos estudos de história e sociologia, escrevia *Raízes do Brasil* e *Monções*. Entrementes casara-se. Quem diria que desse um marido exemplar? Pois deu. Verdade seja que o bom marido depende muito da boa esposa. Nesse capítulo Sérgio acertou no pleno. E graças aos muitos filhos que vieram vindo, devemos a volta de Sérgio à crítica literária. Ninguém diria também que voltasse de ponto em branco, a par de tudo o que se passara no mundo das letras. Tomou pé da noite para o dia. Senão vejam, ninguém melhor do que ele tem escrito sobre a chamada geração de 45. (Saibam todos que Sérgio versejou antes dos vinte anos, e sabia fazer versos no duro.)

O estilo de Sérgio, na sua atual clareza e lógica, foi uma conquista. Há hoje um certo casticismo na sua prosa, mas não é o dos clássicos portugueses. Tirou-o, suspeito, das atas da Câmara da Vila de São Paulo, das ordens régias e dos testamentos quinhentistas.

Agora tudo o que ele escreve tem no mais alto grau aquela qualidade que já assinalei – a classe; até relatando fuxicos do modernismo não se lhe nota nem sombra de cafajestismo. Insisto nisso, porque o Brasil, valha-nos Deus! cada vez mais está para os cafajestes.

CARTA DEVOLVIDA

A sua carta, com aquele fabuloso nome de Barra de Jangada (conheço-o desde criança: meu pai tinha um amigo que falava frequentemente em Barra de Jangada, e toda vez que eu ouvia o nome, ficava com a cabeça perdida nos sem-fim da poesia), me deu vontade de largar tudo aqui e correr para Barra de Jangada: o Rio está se tornando uma cidade infernal, superlotada, cansativa, inabitável. (É de fazer suspirar por uma cidadezinha morta do interior ou do litoral.) Antigamente, aqui, nos cafés e nas confeitarias, bebia-se boa cajuada, feita de caju espremido na hora à vista do freguês. Acabou-se isso... Este ano, apareceram nas casas de frutas uns cajuzinhos raquíticos, feios, miseráveis... a quatro cruzeiros cada! Em que terra vivemos?! Quando vim para o Rio, em 1896, fiquei maravilhado com as laranjas seletas que se compravam ao quitandeiro ambulante italiano. Eram sempre deliciosas e baratas. Desapareceram: começou-se a exportar laranja e, como na estranja gostavam mais de laranja-pera, acabaram-se as boas seletas e tangerinas. O pregão dos vendedores de rua era este, que não se ouve mais: "Olha a boa laranja seleta! Olha a boa tangerina!" (Hoje não ouço mais as vozes daquele tempo...)

Estou brincando, mas a verdade é que ando abafadíssimo. Imagine que saí de uma gripe, eu que resisti valentemente a tanta gripe, inclusive à espanhola de 1918, quase completamente surdo. Surdez de nevrite, isto é, que não regride ou raramente regride. Já me armei de um desses aparelhos otofônicos, que remedeiam, mas não consolam da perda de audição direta. Às vezes tenho gana de me meter em casa e não falar mais com ninguém.

Parece que estou vivendo debaixo da terra... Enfim... Diálogo com a minha lavadeira:

Eu – Melhorei não, dona Públia. Mas, afinal, podia ser pior: cegar, ficar paralítico...

Dona Públia – Como a dona Aninha, minha senhoria, que está há doze anos entrevada numa cama.

Poeta, este mundo é uma beleza, não tem dúvida, mas às vezes é bastante pau. E não adianta ouvir *le chant des matelots*.

Gostaria de trocar o Rio por, por exemplo, Ubatuba... Mas como romper as amarras? A uma certa altura da vida, a gente tem a impressão de que não se pertence. Ora, que aconteça isso a um pai de família, vá, mas a mim! Há mais de um ano que não escrevo uma linha de poesia (para fazer versos preciso de solidão e lazer). Tenho muito desejo de rever o Recife. Soube que a casa da rua da União é hoje uma pensão de estudantes. Seria capaz de me hospedar lá. Imagino, já me imagino num quarto do sobrado, ouvindo a chuva bater na telha-vã! Tomara que isso aconteça.

4/9/1955

COMEÇO DE CONVERSA

Volto, hoje, à tarimba jornalística, trazido pela mão ilustre de Annibal Freire. Bem que relutei em aceitar-lhe o convite. Mas o meio de resistir à doce persuasão do mestre?

– Isto você faz em cinco minutos, instou ele, animando-me.

Fiquei com vergonha de dizer que não sei rabiscar nada em cinco minutos, o que bem prova que não nasci para jornalista, que não sou jornalista. Annibal, sim, o é, e grande; pode dizer que cinco minutos bastam para se escrever dois dedos de prosa.

Três vezes forneci crônica periódica a jornal: à *Província*, do Recife, na fase em que foi dirigida por Gilberto Freyre; ao *Diário Nacional*, de São Paulo, nos saudosos tempos da República carcomida; e na *Manhã* carioca, na era desta nova República, que já podemos chamar de carcomidíssima, pois não?

De todas três vezes levei vida apertada, a colaboração era semanal, eu ia adiando a tarefa até a véspera, chegava o dia e eu acabava garatujando qualquer coisa em cima da perna, uf! e respirava aliviado... Mas o demônio fazia a semana correr com velocidade de avião a jato, e a impressão que eu tinha era a que deve ter o condenado à cadeira elétrica... Isto, para quem não é jornalista, não é meio de vida: é meio de abreviar a existência. Ora, eu ando pela idade em que gostamos de viver em câmera lenta, só fazendo o que importa, saboreando bem o nosso raiozinho de sol, descartando-nos das cacetadas, privando-nos até da delícia de ler os versos da geração de 45, para podermos reler mais uma vez o *Quixote* ou tomarmos conhecimento de tanta coisa bela em que jamais pusemos os olhos...

Sei que estou ficando velho, não pela calva nem pelas cãs (tenho-as poucas, o que leva alguns de meus amigos a examinarem disfarçadamente a raiz de meus cabelos), sei que estou ficando velho pela vontade que está me dando de ver transferida a Capital para o planalto goiano. A ver se o Rio se descongestiona um pouco, se perde metade de seu tráfego e de seus ruídos. De vez em quando suspiro como no meu minúsculo poema de tão longo título "O amor, a poesia, as viagens": "Pará, Capital Belém!" Isto é, a Belém de 1929, tão tranquilazinha e amorável, onde eu comia regaladamente no *Grande Hotel* casquinhos de muçuã...

Bem, mãos à obra. Deus me dê assunto e inspiração. Me impeça, sobretudo, de cair na imitação do velho Braga – Braga, o inimitável, atual grande perigo da croniquinha de palmo ou palmo e meio no Brasil.

1/6/1955

MACHADO DE ASSIS

Com a publicação do volume *Machado de Assis desconhecido* amadurece bastante a já ensaiada candidatura de R. Magalhães Júnior à Academia Brasileira de Letras.[9] O livro é de boa composição, está bem desenvolvido e bem escrito, revela um conhecimento minuciosíssimo da obra do romancista, retifica muito erro corrente, desvenda aspectos novos. E em cada página pôs Magalhães Júnior aquele calor entusiástico, marca de seu nobre temperamento. Se algum reparo se lhe pode fazer é a um certo tom de hostilidade com que se refere a trabalhos anteriores, especialmente aos de nossa excelente Lúcia Miguel Pereira. Não leve a mal, meu caro Raimundo, mas um tom como este só se justifica em revide polêmico, não em crítica de primeira mão. Afinal, como todos sabemos e Otto Maria Carpeaux frisou em artigo recente, houve dois Machados – o moço, que era extrovertido e até fazia versinhos em francês para as atrizes do Alcazar, e o esquivo desencantado que em 1879 publicava na *Revista Brasileira* os tercetos de "Uma criatura", espécie de suma do pessimismo a que obedecerão os seus quatro grandes romances e os seus melhores contos.

Diga-se, aliás, que, apesar de cético e sem nenhuma fé nos homens, procedia Machado de Assis na vida com cordialidade e bondade. Lembra-me que, nos meus quatorze anos, tomei um

---

[9] Raimundo Magalhães Júnior (1907-1981), escritor cearense, em 9 de agosto de 1956 foi eleito membro da Academia Brasileira de Letras, onde ocupou a cadeira 34 na sucessão de D. Aquino Correia. Costumava assinar seus livros como R. Magalhães Júnior. (N.E.)

bonde no largo do Machado e aconteceu que ao lado do velho escritor. Vinha ele lendo um jornal, *A Notícia*. Era natural que não me desse atenção e continuasse na sua leitura. Pois não o fez: dobrou a folha e puxou conversa comigo. Conhecia-me ele do Ministério da Viação, onde trabalhava meu pai como consultor técnico do Ministro Alfredo Maia, e ele como chefe da seção de contabilidade.

A propósito, posso contar que ao sair o *Dom Casmurro* ou *Esaú e Jacó*, não sei bem qual dos dois, havia uma pequena operação aritmética errada, e Abel Ferreira de Matos, engenheiro frequentador do gabinete de meu pai no Ministério, escreveu uma carta ao romancista, na qual assinalava o erro e comentava: "Não me admira isso no grande romancista de *Memórias póstumas de Brás Cubas,* mas no chefe da Contabilidade do Ministério da Viação e Obras Públicas!..."

Grande pessimista, grande cético era Machado. A sua extrema reserva na correspondência com os amigos (até com Mário de Alencar!) o está mostrando. Mas seria também um materialista? A esse respeito darei testemunho em minha próxima crônica.

15/6/1955

MACHADO E ABEL

O *Almanaque Garnier* de 1906 trazia o conto de Machado de Assis "O incêndio", postumamente recolhido no 2º volume de *Páginas recolhidas* da edição Jackson. O conto principia assim:

> Não inventei o que vou contar, nem o inventou o meu amigo Abel. Ele ouviu o fato com todas as circunstâncias, e um dia, em conversa, fez resumidamente a narração que me ficou de memória e aqui vai tal qual. Não lhe acharás o pico, a alma própria que este Abel põe a tudo o que exprime, seja uma ideia dele, seja, como no caso, uma história de outro.

Este Abel era o engenheiro civil Abel Ferreira de Matos, de que falei em minha crônica passada, na verdade o homem mais espirituoso, mais finamente espirituoso que já vi na minha vida. Na conversa, fosse com quem fosse – homem, senhora ou menino –, na correspondência – era um correspondente pontual – punha sempre aquele pico e alma própria a que aludiu Machado de Assis e que a tudo comunicava logo extraordinário interesse.

O caso do conto "O incêndio" ouviu-o Abel de mim, que por minha vez o ouvi da boca do próprio protagonista, oficial da marinha inglesa, que acabava de curar a sua "perna mal ferida" no Hospital dos Estrangeiros, onde eu então me achava também internado morre não morre. A história pode contar-se em poucas linhas: um navio de guerra inglês andava em cruzeiro pelo sul do Atlântico; no porto de Montevidéu desceu o oficial à terra e passeando na cidade viu um ajuntamento de gente diante de um sobrado envolvido em fogo e fumarada; no segundo andar, a uma janela, parecia ver-se a figura de uma mulher como que hesitante entre a morte pelo fogo e a morte pela queda: o oficial é que não hesitou: abriu caminho entre a multidão, meteu-se casa adentro para salvar a moça; quando chegou ao segundo andar, verificou que a moça da janela não era uma moça, era um manequim; tratou de descer, mas precisamente ao galgar a porta de entrada do sobrado foi atingido por uma trave, que lhe pegou uma das pernas.

Casos como esse, em que parece haver uma injustiça ou pelo menos indiferença da parte da Divina Providência, punham o nosso bom Abel, que era um crente e espiritista, completamente desnorteado e infeliz. Foi o que sucedeu quando lhe narrei a história do inglês. Primeiro sacudiu a cabeça entre as mãos ambas. Em seguida comentou: "É um conto para Machado de Assis".

Era mesmo. E Machado de Assis não deixou de agravar o caso inventando por sua conta que os bombeiros iam prendendo o oficial na suposição de que fosse um ladrão; era acrescentar à iniquidade divina a iniquidade humana. E Machado acaba o conto instalando o seu desencanto dos homens na alma do oficial, com dizer que ele "foi mandado a Calcutá, onde descansou da perna quebrada e do desejo de salvar ninguém".

Abel tinha a Machado na conta de materialista. Convencera-se disso pela leitura de seus grandes romances. Ficou, pois, espantadíssimo quando um dia, no meio de uma conversa, dizendo tranquilamente a Machado: "Vocês materialistas...", foi vivamente interrompido pelo outro, que começou a gaguejar protestando: "Eu, ma... materialista? A b s o l u t a m e n t e !"

19/6/1955

ECOS DO CARNAVAL

Antigamente, era na rua do Ouvidor que pulsava com mais força a vida desta heroica Cidade. "Grande artéria", chamavam-lhe os literatos e jornalistas, inclusive Coelho Neto. Era, de certa maneira, uma imagem inexata, porque na artéria está o sangue de passagem. Ora, não se passava pela rua do Ouvidor: ia-se para a rua do Ouvidor. Ali se parava, se namorava, se conspirava. Ali se situavam as redações dos grandes jornais, as lojas mais elegantes, os cafés e confeitarias mais frequentados. Ali é que chegavam ao clímax os acontecimentos mais notáveis da consagração pública. Quando, em 1880, Carlos Gomes voltou glorioso da Itália, foi na rua do Ouvidor que recebeu a apoteose máxima. O mesmo sucedeu com o segundo Rio Branco, ao regressar da Europa para ser Ministro das Relações Exteriores. Nos três dias de Carnaval, então, a rua do Ouvidor ficava de não se poder meter um alfinete: a afluência de povo transbordava dali para as travessas, e a festa culminava com a passagem dos préstitos rua abaixo.

Pois bem, este ano, terça-feira gorda, por volta das três da tarde, desci de um lotação na avenida e subi a rua do Ouvidor até a rua Primeiro de Março. Estava deserta! Em certo trecho mesmo, entre Quitanda e Carmo, eu era o único transeunte! Senti-me um pouco como fantasma. Por sinal que me pareceu bom, só que um pouco melancólico, ser fantasma.

*

Situação privilegiada a que desfrutamos, os moradores da avenida Beira-mar, do Obelisco até o aeroporto: estamos no coração da cidade e somos, no entanto, paradoxalmente marginais. O Carnaval das ruas está morrendo: já cabe todo na avenida e nem sequer a toma inteira. Dela para o mar é o deserto e o silêncio.

*

Naturalmente, me lembrei muito de Irene – Irene preta, Irene boa e sempre de bom humor. Passava ela o ano inteiro juntando dinheiro para gastar no Carnaval. Também, graças a ela, o boqueirão da travessa do Cassiano brilhava nos três dias. Quarta-feira de Cinzas, às oito da manhã, estava à minha porta para o serviço. Era uma preta gorda, feia e tinha não sei que doença que lhe comia a beirada das orelhas, onde havia sempre um pozinho branco. A especialidade de Irene era a limpeza dos metais. Nas mãos dela o cobre virava ouro; todo metal branco, prata. Se as almas envolvessem os corpos, Irene não seria preta, não: seria da cor dos cobres que ela areava. Irene boa!

19/2/1956

ALPHONSUS

Nesta semana de Congresso Eucarístico tenho rezado bastante, não repetindo as orações que aprendi menino – o padre-nosso, a ave-maria, a salve-rainha – mas relendo os versos de Alphonsus de Guimaraens na recente edição organizada por seu filho Alphonsus de Guimaraens Filho. Edição que corrigiu muita coisa da edição anterior de 1938 e lhe acrescentou numerosos poemas.

Tenho rezado os versos de Alphonsus de Guimaraens. Rezado eucaristicamente os poemas do único poeta verdadeiramente eucarístico entre os poetas brasileiros...

> Cantai, ó língua, o alto mistério
> Do glorioso Corpo Sagrado
> E do inefável sangue etéreo.

O poeta que viveu tão pobremente na arquiepiscopal cidadezinha de Mariana tinha todo o tempo para meditar no divino mistério, cuja emoção tão bem nos transmitiu em seus ritmos suaves...

> O Verbo, que homem se fez, muda
> Em Carne, que do céu dimana,
> O pão, e em Sangue o vinho.

A sua emoção era toda religiosa. Mesmo falando de seus amores terrenos, não lhe esquecia nunca a imagem das coisas santas. E o amor divino santificava os seus afetos de homem, baixando sobre eles as grandes asas tutelares...

> Com mágoa tanta.
> Santa Teresa de Jesus sorri-me
> Naquela suave palidez de santa...

A sua poesia tem o recolhimento das grandes naves sombrias à hora em que o incenso as enevoa e, esvanecido o último acorde do órgão, a campainha vibra para a elevação do Senhor...

> Este divino Sacramento
> Adoremo-lo humildes.

As suas imagens ardem como os círios de uma câmara ardente. *Câmara ardente* é, de resto, o título de um de seus livros. "Poeta da morte", "alma de assombros" chamou-se ele a si próprio.

Rezo os versos de Alphonsus de Guimaraens. No intervalo da leitura saio ao balcão de meu apartamento e olho o céu...

> E o céu é o Santo Graal eucarístico. Desce,
> Cobrindo terra e mar...

20/7/1955

EDUARDA

A menina Eduarda Duvivier, nove anos, filha do escultor Edgard Duvivier, pode, agora, ser conhecida de toda gente, na primeira edição comercial que se acaba de fazer de seus poeminhas,[10] já que a outra, a que foi composta e impressa pelos poetas Thiago de Mello e Geir Campos na saudosa Editora Hipocampo, mal deu para os amigos.

Esta nova edição vem aumentada de poeminhas escritos posteriormente aos primeiros e entre os quais se encontram alguns intitulados "Impressões de viagem". Viagem à Europa; impressões do Coliseu, das Catacumbas de Roma, da Torre de Pisa, do Sena e do Arco do Triunfo, dos sanfonistas da rua St. Roch, de Veneza, de Espanha... Aumentada também de desenhos, porque, meus amigos, esta menina tem jeito para tudo, pinta e modela, nada como uma sereia, e com tudo isso não é nada saliente, ao contrário, e encanta a gente com os seus silêncios, onde fica de olhar perdido e triste. Mas Eduarda não é triste. Como poderia sê-lo, com aqueles pais de tamanha compreensão e doçura? Quando publicou os primeiros poeminhas, talvez houvesse alguma razão: Eduarda era filha única. Hoje tem uma irmãzinha e um irmãozinho, para os quais, todavia, ainda não fez nenhum versinho, que ingratidão!

Reparem que chamo sempre poeminhas os poemas de Eduarda. O diminutivo me parece definir com precisão o caráter

---

[10] *Poemas*, de Eduarda Duvivier, edições Hipocampo, 1952, tiragem numerada de duzentos exemplares com prefácio de Manuel Bandeira, ganhou nova edição, desta vez em escala comercial, em 1955. (N.E.)

destes versos, em que infância e poesia se misturam a tal ponto que não se pode dizer onde acaba uma e começa a outra. É a menina que diz: "Eu queria ir no Inferno, feito Dante" ou, em Veneza, "Água, você bate nas portas das casas". É o poeta que me interpela natalicialmente:

> Ó Manuel, fica um peixe
> Para eu dizer a você:
> – Vai apanhar uma estrela,
> – Traz uma escama verde de sereia,
> – Vira cavalo-marinho.
> [...]
> Ó Manuel, chama os convidados para o mar...

Eduarda quer que eu faça o que ela gosta de fazer: ela adora o mar; a alma de Eduarda é uma terra encantada onde o mar circula como em Veneza a água "que bate nas portas das casas".

No prefácio que escrevi para a edição Hipocampo, disse que Eduarda ditava à mãe "palavras arranjadas à maneira de poemas e que nos enchem a alma, inexplicavelmente, de surpresa e alegria". Isso era aos cinco anos. Agora, Eduarda tem nove. A menina continua poeta. Deus a conserve assim, sempre capaz de dizer, quase como São Francisco: "Água, você é bonita, branquinha, leve, limpa..."

15/1/1956

CONTRA A MÃO

Nesta hora de sol puro, como cantou Ronald, palmas paradas, claridades, faíscas, cintilações, ou, em linguagem terra a terra, com este sol de rachar (são três horas da tarde desta terça-feira de trevas), chego ao meu balcão da avenida Beira-Mar, no Castelo, vejo a dupla fileira de soldados lá embaixo comendo grosso sob a soalheira, e volto à minha mesa para bater esta crônica, fechando os ouvidos à sereia dos batedores, a qual só tem um aspecto simpático – o de parecer uma vaia no meio disso tudo.

Vou contra a mão dos vencedores – a eles, as batatas e os perus gigantes – quero ouvir a voz de outras sereias, e aqui está uma, precisamente neste momento acaba de chegar; o seu timbre é dos mais delicados e raros, e os seus últimos cantos se chamam *Jeux de l'apprenti animalier*. Esta sereia é a musa de Ribeiro Couto.

Há muito tempo que ela anda fora do Brasil, porque o poeta do *Jardim das confidências*, aquele magro rapaz boêmio que dava tantos cuidados à sua boa avozinha, botou corpo e foi longe, é hoje embaixador em Belgrado.

Em 1952, mandou-nos um livro delicioso escrito em Portugal – *Entre mar e rio*. Agora, de Paris, nos envia esta coleção de miniaturas em francês, nas quais se revela não aprendiz e sim mestre na velha arte dos bestiários. Revela-se também um desenhista, sempre engraçado, e às vezes fino e seguríssimo. Dou-lhe aqui a minha mão à palmatória, pois quando o via pegar do lápis e do papel para fazer a *charge* de um amigo, sempre sorri incrédulo. O desenho de Couto tem as qualidades da sua poesia, em especial aquela certeza de toque justo, docemente irônico. O do galo da capa, por exemplo.

Estes jogos admiráveis, define-os o poeta como de quadras metrificadas e rimadas, jogos de aprendiz que continuam nos jogos do desenho alusivo, prolongamento das palavras: "O conjunto não forma senão um bestiário de papelão, cortado pela mão enternecida de uma criança já madurona". Isto é, explico eu, um poeta. Um grande poeta que jamais perdeu, através de todas as vicissitudes da vida, a alegria de viver, e agora, depois dos cinquenta, pede assim à cigarra:

> *Le jour de mon adieu, cigale,*
> *Viens chanter près de ma fenêtre,*
> *Viens crier, faire du scandale.*
> *Dire la joie de la joie d'être.*

1/2/1956

RIO ANTIGO

Há dias, fiz referência "ao livro de Coaracy". Trata-se das *Memórias da cidade do Rio de Janeiro*, de Vivaldo Coaracy. Quem quiser viver o Rio também na quarta dimensão, que é a do tempo, e não apenas nas tristes três atuais dimensões, não deve deixar de ler estas páginas, escritas de maneira encantadora, pela sua singeleza e graça espontânea. Encontrará nelas algum consolo, talvez, aos males do presente, verificando que são males de todos os tempos, pois em todos os tempos houve negociantes ladrões, intermediários açambarcadores, autoridades prepotentes, etc. E até, a certos aspectos, houve progresso moral: hoje não se vê uma cena de frades caceteiros, como vem deliciosamente contada por Coaracy no capítulo relativo à praça quinze: a Irmandade da Misericórdia gozava do privilégio dos enterramentos; entendendo os frades do Carmo que era afronta à sua Ordem passarem os cortejos fúnebres diante do edifício do Convento (ainda hoje lá está, à esquina da rua Sete de Setembro), toda vez que tal acontecia, vinham para a rua com os seus escravos, e o pau cantava para dissolver o préstito; revidavam os da Misericórdia, era uma verdadeira batalha, durante a qual ninguém mais pensava no defunto.

Todo o mundo pode agora atravessar pacatamente o Arco do Teles, mas houve tempo em que aquela exígua passagem era ponto de desordeiros terríveis, e tais cenas ocorriam ali que um morador das imediações promoveu a remoção da imagem de Nossa Senhora dos Prazeres, que se cultuava num pequeno oratório existente à entrada do Arco.

Quanta coisa se aprende neste volume! Eu, por exemplo, não sabia (nunca tratei de saber) que a rua D. Manuel se chama assim em homenagem a D. Manuel Lobo, governador do Rio de Janeiro, ou que o sal era monopólio do Estado. Sabia que abundavam as baleias na baía de Guanabara (a Armação de Niterói era armação de pescaria de baleias), mas não sabia que de uma feita veio uma baleia encalhar bem em frente à porta do Convento do Carmo.

Muita coisa de que fala Coaracy ainda alcancei conhecer. Assim o Hotel de França, onde me hospedei um dia e uma noite, a Igreja de São Joaquim, junto onde está o Externato do Colégio Pedro II... A este respeito devo dizer que a minha memória pretende corrigir o cronista quando ele afirma que desde a época em que serviu de quartel a tropas portuguesas já não se praticavam nela as cerimônias do culto. Durante o meu curso no Pedro II, de 1897 a 1902, creio que havia culto; muitos alunos ali entravam, em tempo de sabatina, a agarrar-se com São Joaquim para se sair bem.

Outra coisa a que quero pôr reparo é a propósito do largo do Boticário. Diz Coaracy que o pitoresco recanto de Águas Férreas conserva intacto até hoje o aspecto das zonas residenciais da cidade antiga. Ora, o atual largo do Boticário é uma falsificação do século XX: casas, calçamento, chafariz, tudo, salvo a mangueira. Conheci em menino o autêntico largo do Boticário. Por isso não posso ver sem revolta a sofisticação ali praticada.

4/12/1955

O LARGO DO BOTICÁRIO

Quando eu disse a meu amigo que o largo do Boticário não estava tombado no Departamento do Patrimônio Histórico e Artístico Nacional, percebi que ele ficara bastante decepcionado. Mudara-se, havia pouco, para lá e entrava muito no prazer da nova moradia a *soi disant* venerável antiguidade do logradouro.

– E por que não foi tombado? – perguntou-me.

Expliquei-lhe que nada ali era autenticamente velho. O velho autêntico tinha sido substituído pelo velho fingido. A casa que fica no fundo, à extrema direita de quem entra no largo, é nova e foi projetada por Lúcio Costa; creio, aliás, que o seu risco não foi totalmente respeitado. A casa da extrema esquerda é reconstrução de Rodolfo Siqueira; ficou muito bonita, mas não tem nada da simples casa antiga: é uma casa nova feita com materiais velhos. As lajes do jardim, por exemplo, eram as lajes das calçadas da rua Gonçalves Ledo; uma porta veio da Bahia, uma janela de Portugal, e assim tudo. Quanto às outras casas, foram desfiguradas por ineptas restaurações, que quiseram dar-lhes um ar mais colonial do que o que elas tinham. Hoje têm um ar de colonial enfeitado – horrível. As primitivas eram sólidas e singelas, como se conservou, salvo o puxado dos fundos, a casa que fica à esquerda no beco. O próprio calçamento do largo, que era de pedrinhas, o calçamento pé de moleque chamado, foi substituído por lajes. Fui dizendo essas coisas a meu amigo com a autoridade de quem conheceu o velho largo do Boticário aí por volta de 1897.

– Afinal o que há de autêntico aqui? – indagou ele.

– Aquela árvore, respondi-lhe apontando uma velha mangueira à entrada do largo, junto ao rio.

Leio agora nos jornais que uns estúpidos puseram fogo ao tronco da mangueira, que decerto não resistirá ao estrago, tanto mais que as suas raízes devem estar envenenadas pelo veneno com que ali se vem dando caça aos ratos, que são uma praga do famoso largo.

Desaparece assim a única coisa autenticamente velha daquele amorável retiro, belo apesar de tudo. Já agora o largo do Boticário da minha meninice pode passar a chamar-se, com mais propriedade e modernidade, praça do Farmacêutico.

13/7/1955

FINADOS

À proporção que vamos envelhecendo, vai este dia de Finados assumindo, para nós, cor mais melancólica, ainda que, talvez, menos inquietante. Porque, com os anos, viemos perdendo os grandes afetos insubstituíveis, foram-se alargando os claros na fileira dos velhos amigos. Por isso mesmo esse outro lado da vida, o *undiscover'd country* do poeta, vai-se tornando cada vez menos estranho, tão povoado o vemos de caras figuras desaparecidas do mundo mas não de nossa memória.

Este ano de 1955 foi-me, para mim e para muitos amigos, particularmente duro a esse respeito. Pois vimos partir três dessas figuras que contavam tanto em nosso afeto: Roquette-Pinto, Jaime Ovalle, dona Mariquinhas Beltrão.

Roquette-Pinto, o sábio-poeta, Ovalle, o músico-poeta, foram abundantemente celebrados na imprensa: toda a gente de cultura os conhecia e os tinha como brasileiros dos mais notáveis e dos mais genuinamente brasileiros.

Já minha querida amiga dona Mariquinhas só era conhecida no círculo familiar de suas amizades. Nunca foi outra coisa senão boa filha, boa esposa, boa mãe, boa avó, boa amiga... Mas como foi todas essas coisas excelentemente! Mesmo depois dos noventa anos continuava a guardar não sei que encanto inexplicável, certo aquele encanto de sinhá do fim da Monarquia, qualquer coisa de muito doce e muito raro que dava à sua presença um prestígio angélico. Era a minha mais velha amizade, e ela gostava de me dizer isso. Quando vim para o Rio definitivamente, no lar de dona Mariquinhas senti de algum modo prolongado o ambiente da rua da União: ela foi como que o traço de união entre a minha vida no Recife, que se acabava para sempre, e a minha vida no Rio. Os poucos meses que residi com os meus na travessa do Piauí e rua do Souto, hoje Senador Furtado, ainda souberam àquele amorável convívio da rua recifense. Tínhamos todos duas famílias – a família de casa e a família de rua. Na travessa do Piauí moravam no mesmo correr de casas, como na rua da União, dona Mariquinhas Beltrão e Yayá Viegas. Yayá, filha daquela dona Aninha Viegas de quem falo na "Evocação do Recife". Era um pedacinho de rua da União no ambiente novo do Rio.

Na rua das Laranjeiras, para onde nos mudamos seis meses depois, o estilo de vida era outro: cada um em sua casa e não havia que se meter com os vizinhos. A verdadeira infância começava a morrer.

2/11/1955

BRECHERET

Vão-se alargando os claros na fileira dos primeiros modernistas: daqueles que Mário de Andrade chamava modernistas das cavernas: primeiro foi-se ele próprio, depois Jorge de Lima, depois Oswald de Andrade, agora Brecheret.

Victor Brecheret, de origem italiana, formado artisticamente em Roma, vivia obscuro em São Paulo, num quarto que lhe haviam cedido por favor no Palácio das Indústrias, quando foi descoberto, em 1920, por Menotti del Picchia e Oswald de Andrade, os quais, alertados desde 1916 pela exposição da pintora Anita Malfatti, vinham lançando às cidadelas passadistas as primeiras tochas incendiárias. Aluno que fora de Mestrovitch, o grande escultor iugoslavo, deixara-se Brecheret influenciar pela técnica poderosa e romanticamente expressionista do mestre. Nos trabalhos vistos por Menotti e Oswald, logo depois por Mário, havia uma força, uma novidade que os fizeram logo proclamar aos quatro ventos do Brasil a genialidade do escultor. "Fazíamos – contou o poeta de *Pauliceia desvairada* – verdadeiras *rêveries* a galope em frente da simbólica exasperada e estilizações decorativas do 'gênio'. Porque Brecheret, para nós, era, no mínimo, um gênio. Este o mínimo com que podíamos nos contentar, tais os entusiasmos a que ele nos sacudia. E Brecheret ia ser em breve o gatilho que faria *Pauliceia desvairada* estourar..."

Não, Brecheret não era um gênio. Era mesmo muito pouco inteligente. Mas não é menos verdade que as suas estátuas atestavam um senso plástico, um vigor, uma contenção desconhecidos na escultura brasileira desde os Profetas do Aleijadinho. Daí o alarido dos homens das cavernas. A sua "Eva" é uma figura de amorável pureza. O Monumento das Bandeiras, inaugurado o ano passado no Parque do Ibirapuera,[11] um dos poucos exemplos, e sem sombra de dúvida o maior, de monumentalidade escultural no Brasil. Marca uma época, para repetir aqui as justas palavras de Alceu Amoroso Lima na Academia Brasileira de Letras. Não tive ocasião de ver o seu Caxias, terminado já há muito tempo e, não sei por que, ainda não assentado onde deverá ficar. Deve ser a sua obra-prima, porque o trabalhou na madureza e, decerto, já libertado da garra do mestre, sensível ainda nos *Bandeirantes*.

25/12/1955

---

[11] O Monumento às Bandeiras, do escultor Victor Brecheret, está situado na praça Armando Salles de Oliveira, em São Paulo. A obra faz alusão à postura desbravadora dos bandeirantes no processo de ocupação da região paulista no período colonial e foi inaugurada em 1954 por ocasião do quarto centenário de fundação da cidade de São Paulo. (N.E.)

VIOLA DE BOLSO

Mallarmé gostava de redigir em versos os endereços de suas cartas. E não desdenhava desses nadas encantadores, pois certa vez publicou alguns na revista norte-americana *The Chap Book*, e até pensou em editar uma plaquete mais desenvolvida e com ilustrações da esposa de Whistler. Todavia, só depois da morte do poeta saíram em letra de forma os *Vers de circonstance*, onde vêm, não só endereços, mas também versos escritos em leques, fotografias, ovos de Páscoa, livros, etc. Tudo isso feito "por puro sentimento estético" e, como desses breves poemas disse Jean Royère – igualando em complexidade e ironia *"les morceaux classés"*. De fato: há tanto de Mallarmé no *"Prélude à l'aprés-midi d'un faune"* como nos endereços das cartas do poeta a Mme. Méri Laurent.

A mesma coisa e até com as mesmas palavras se poderá dizer dos versos de circunstância de Carlos Drummond de Andrade, agora aparecidos em segunda edição aumentada desta *Viola de bolso*: igualam em complexidade e ironia os grandes poemas de *Poesia até agora*. Drummond passou anos sem saber que podia fazer poesia metrificada e rimada. Um belo dia deu-lhe o estalo e ei-lo desatado nas mais perigosas acrobacias, nos mais surpreendentes saltos-mortais da tradição gongorina e mallarmeana. Naturalmente, essa atividade ginástica e gratuita se pode exercer com mais liberdade na poesia de circunstância. E Drummond inscreveu-se entre os grandes mestres do gênero tão espirituosamente louvado por Alfonso Reyes no prefácio de *Cortesía*: Marcial, Góngora, Juana Inés de la Cruz, Mallarmé, Rubén Darío, Adela Villagrán...

Como em todas as coletâneas desta natureza, há em *Viola de bolso* numerosos poemas que podem figurar com honra em maiores violas do mesmo autor, sobretudo porque nunca houve em Drummond compartimentos estanques de poesia de eternidade e poesia de circunstância: nisto somos românticos, os modernos, misturando, como no drama romântico, a tragédia e a comédia. A "Invocação com ternura" celebra a García Lorca em termos precisamente de eternidade:

> E já baixam teus assassinos
> a uma terra qualquer e vã,
> enquanto, entre palmas e sinos,
> tu inauguras a manhã.

"Cidade sem rio", "Divina pastora", "Luar em qualquer cidade", mesmo o virtuosíssimo "Caso pluvioso", em que uma certa Maria, *anti-petendam* e pluvimedonha, chove-chuveira sem parar, esses poemas e outros mais até parecem estar na *Viola* apenas para mostrar que a poesia dos bons poetas é uma só.

Há no livro uma parte que se intitula "Meigo tom". Sinto-me feliz de ter sido alvo de duas meiguices do poeta. Uma, do mais puro sabor gongorino, e que não traslado para esta crônica por mal disfarçada modéstia. Não posso, porém, privar os leitores da dedicatória do meu exemplar, que é assim:

> Querido Manuel, a minha
> musa de pescoço fraco,
> ao ver-te, mete a violinha
> no saco.

Ao que respondo com este repinico de prima:

> Como do "Vaso grego" às finas bordas,
> aqui ouvirás, na *Viola* de Drummond,
> outra encantada música de cordas
> em meigo tom.

17/8/1955

TEMÍSTOCLES

Graça Aranha, dona Yayá, Heloísa, Temístocles, todos mortos... E ponho-me a recordar como os conheci pessoalmente em Petrópolis, no Hotel da Europa, em 1912.

Graça Aranha voltava ao Brasil no auge da celebridade. *Malazarte* havia sido representado em Paris por artistas franceses de grande cartaz: Suzanne Desprès e De Max. *Canaã* fora traduzido para o francês. O grande escritor trazia em sua bagagem um novo livro – *A estética da vida*, sua frustrada esperança de renovar no domínio da filosofia o seu fulminante sucesso na literatura.

Tentei aproximar-me de Graça Aranha, embora naquele tempo ainda não pensasse em fazer carreira literária. Entreguei ao homem ilustre um cartão de meu tio Souza Bandeira apresentando-me. Mas Graça Aranha não me deu bola. Nem havia, realmente, motivo para isso. E eu tive que me contentar com a amizade dos filhos, Heloísa e Temístocles, ambos encantadores e com menos de vinte anos. Heloísa, muito bonita, com o seu perfil grego, escandalizando Petrópolis com a sua *badine* e a paixão pelo quase sexagenário Conselheiro Rosa e Silva (dona Yayá não se conformava com o casamento e vibrava de revolta; aliás, *Malazarte* enchera-a de ciúmes, e como eu lhe dissesse um dia: "Não devia ter-se casado com poeta", respondeu-me amarga: "Quando me casei, ele ainda não escrevia!"). Temístocles, com o moreno mais lindo que já vi em rapaz ou moça, era já o que foi toda a vida: malicioso, brincalhão e... doente do coração. Creio que trazia do berço uma lesão qualquer. Tinha, de vez em quando, umas crises de dispneia, o que nunca lhe alterava o bom humor.

Aquele verão no Hotel da Europa correu-me fagueiríssimo, graças ao adolescente fértil em mistificacões e *boutades*, que recitava de cor Verlaine e Henri de Régnier, um Régnier que eu ainda não conhecia, o das *Odelettes* ("*Je suis venue avec un seul bâton de hêtre*..."). O filho do grande escritor não era metido a escritor, mas sabia o que era bom em matéria de poesia. Quando, anos depois, Secretário de Legação em Portugal, desposou uma neta de Antônio Feliciano de Castilho, comentou, satisfeito, que "era a vingança do passadismo" contra o famoso discurso do pai na Academia.

Temístocles foi dos primeiros a ler meus versos de circunstância, e os meus poeminhas que chamei "onomásticos" começaram com uma quadrinha feita para ele:

> A aranha morde. A graça arranha
> E vale o gládio nu de Têmis:
> Logo se vê que tu não temes,
> Temístocles da Graça Aranha.

O gênio folgazão de Temístocles não o impediu de ser um diplomata que honrou o nome do Brasil no estrangeiro, pela sua inteligência, sua cultura, suas cativantes maneiras.

8/1/1956

LADAINHA

Eu estava, anteontem, na maior fila em que já entrei na minha dilatada existência (era no Tesouro, à uma hora da tarde insolativa), quando passou por mim mestre Alceu Amoroso Lima e, euforicamente católico, me informou: – Hoje é dia de S. João Crisóstomo, cuja principal virtude era a paciência. Foi água na minha fervura. Agarrei-me com o santo doutor ecumênico da Igreja grega, o Patriarca de Constantinopla, o Boca de Ouro enfrentador de Eutrópio e Eudóxia, e até chegar à boca do remoto guichê fui enganando o tempo a recitar mudamente uma improvisada ladainha, de que só me ficaram na lembrança estes versículos, que ofereço, dedico e consagro aos cariocas neste mês da fundação, e este ano da provação, de sua cidade cada dia menos maravilhosa:

"Meu S. João Crisóstomo, dai-me paciência para nesta fila aguardar a minha vez com humildade e bom humor;

"Aliás, dai-me também paciência para aturar outras filas desta cidade duplamente superlotada, a mais iludida de todas as quais é a dos que ainda esperam melhores dias para o Brasil;

"S. João Crisóstomo, dai-me paciência para olhar sem nojo os aleijões que enfeiam a Metrópole, como as estátuas de Floriano e Deodoro, os Ministérios da Guerra e do Trabalho, a cabeça de porco amarela que substituiu o saudoso Hotel dos Estrangeiros, etc;

"S. João Crisóstomo, dai-me paciência para olhar sem nojo a grosseria dos trocadores de ônibus, a arrogância dos automóveis de chapa branca, a antipatia dos *chauffeurs* à hora do *rush*, e outras calamidades;

"Meu bom S. João Crisóstomo, dai-nos paciência para ler até o fim os jovens críticos da geração de 45, porque os poetas, alguns me parecem ótimos, mas os críticos são de amargar;

"S. João Crisóstomo, dai-me paciência para esperar a publicação, anunciada há mais de vinte anos, do livro *João Ternura*, de meu querido amigo Aníbal Monteiro Machado, que Deus guarde;

"S. João Crisóstomo, dai-me, outrossim, paciência para não dizer um palavrão quando nas festas de aniversário começam a cantar o 'Parabéns a você';

"Meu S. João Crisóstomo, dai-me a paciência de sorrir aos que me procuram para pedir a minha opinião sobre os poemas de sua lavra ou da do diabo que os carregue;

"Mas não nos deis paciência para suportarmos o sítio e a censura! Isso é demais."

29/1/1956

ASTROLOGIA E POLÍTICA

Tenho um amigo que é astrólogo, numerologista e quiromante. Sobretudo astrólogo. Acredita ele piamente que vivemos, os homens, na sujeição inapelável dos planetas. Astrólogos há, é verdade, que entendem de outra maneira: os astros inclinam, não obrigam. Mas para o meu amigo não tem de guerê-guerê: os astros obrigam. Segundo a sua doutrina, a vida seria horrível de viver, se não houvesse na lei fatal a confortadora ressalva de poder o homem aguardar com paciência o momento propício no curso regular dos planetas. Casar-se um velho com um broto, candidatar-se um general a Presidente da República – tudo pode dar certo ou errado, depende da posição de Saturno ou da conjunção de Marte e Vênus, tudo é movimento planetário.

Devo dizer que não faço fé na astrologia, nem muito nem pouco. Mas gosto que gosto de conversar e discutir os seus problemas com meu amigo. Às vezes mesmo recebo umas pancadas de susto, quando uma ou outra expressão, minha desconhecida, surge cabalisticamente na terminologia do astrólogo. Dizia eu um dia: "Mas fulano, você não vê que é absurdo ficarem todos os nascidos em certo mês sujeitos ao mesmo destino?" Ao que ele me respondeu, com um sorriso de triunfo: "Mas há os decanatos!". Não procurem a palavra nos dicionários, que não a encontram senão nos livros de astrologia: é o espaço de dez dias. Observei-lhe de uma feita que certa circunstância era dada por ele como desfavorável na minha vida e favorável na vida do presidente Café Filho. Meu amigo explicou: "É que ele tem, como presidente, poderosos aspectos. Beneficiou-se do trígono de Marte com Vênus, sabe lá o que é isso?". De fato eu não sabia nem o que era trígono. Trígono é o aspecto de dois planetas, cuja distância angular é de 120 graus. Parece que é formidável.

Em outra ocasião comentávamos o gênio versátil, nervoso, trêfego de certo político brasileiro. O astrólogo desculpou-o: "Coitado, não tem culpa, ele tem Mercúrio aflito!". Nunca na minha vida imaginei assim o deus da eloquência, do comércio e dos ladrões. Imaginava-o, sim, alígero, irrequieto, astuto: aflito, nunca! Pois há um Mercúrio aflito, e quando ele dá na vida de um sujeito, é uma calamidade. Pior só Lua aflita.

Claro que neste momento de nossa vida política, as informações do astrólogo importariam grandemente. Ontem puxei conversa sobre o assunto. Pois bem, saibam os meus prezados problemáticos leitores que as coisas estão pretas. Nem Juscelino, nem Etelvino têm chance. Juarez terá? Teria, se tivesse apresentado a sua candidatura quatro horas antes.[12] Estaria então no trígono. Por quatro horas de antecipação, caiu na quadratura de Saturno, sabem lá o que é isso?

5/6/1955

---

[12] Alusão ao cenário da disputa presidencial de 1955 no Brasil, quando foi eleito o político mineiro Juscelino Kubitschek de Oliveira e Juarez Távora foi o segundo candidato mais votado. O Etelvino mencionado, ao que tudo indica, é o político pernambucano Etelvino Lins de Albuquerque, deputado federal, senador, governador de Pernambuco e ministro do Tribunal de Contas da União durante parte do governo Kubitschek. (N.E.)

MANUELZINHO

Na rua Tonelero tem um bosque, que se chama, que se chama solidão; nesse bosque, nesse bosque mora um anjo, que se chama Alexandre Manuel Tiago de Melo. É um caboclo amazonense nascido por engano em Copacabana; fez, ontem, precisamente quatro anos.

Está me palpitando que dará para poeta, como o pai, e será um craque na geração de 1975. Digo isso porque o meu xará já se saía com coisas estranhíssimas antes dos quatro anos. Quando foi tomar banho de mar pela primeira vez, achou a água fria demais e botou a boca no mundo. Mas o mar impressionou-o fundamente. Dias depois, deitado na praia com a tia, perguntou-lhe: "O mar fica aí de noite?" Respondeu a tia: "Fica." E Manuel: "Fazendo o quê?" A tia: "Esperando pelo sol." Manuel: "Pra se esquentar, não é?".

Rute junto de Booz adormecido viu no céu o crescente e perguntou a si mesma:

> *Quel dieu, quel moissonneur de éternel été*
> *Avait, en s'en allant, négligemment jeté*
> *Cette faucille d'or dans le champ des étoiles?*

Manuelzinho viu o minguante e perguntou à mãe: "Mamãe, quem foi que quebrou a lua?" Para mim, a lua de Manuelzinho vale a de Victor Hugo.

Alexandre Manuel resultou de uma burrada na vida de Tiago de Melo e Pomona Polítis. Tiago e Pomona são muito boas pessoas, mas não tinham sido feitos um para o outro. O casamento não podia dar certo, e não deu. Mas isto é considerar as coisas do ponto de vista da felicidade humana. Do ponto de vista da Mãe Natureza, o caso muda de figura. Ela sabe o que faz (muitas vezes). Assim, quando Manuel García e Rosa Sarmiento se casaram, foi sem saber que eram incompatíveis. Eram, e seis meses depois se separavam definitivamente. Mãe Natureza, porém, precisava deles para fabricar um poeta de gênio, que foi batizado com o nome de Félix Rubén García Sarmiento e mais tarde se crismou literariamente a si próprio com o de Rubén Darío.

Manuelzinho dará o quê? Dê no que der, aos quatro anos é uma grande figura, um brasileiro notabilíssimo, e não necessita de vir a ser outro Rubén Darío para justificar plenamente, do ponto de vista da Natureza, a burrada de Tiago e Pomona.

22/2/1956

CIVILIZAÇÃO

O sociólogo sorveu com vigor, duas, três vezes, o fumo do cigarro e enquanto, durante meio minuto, o fumegava de volta, foi dizendo:

– Há quem sustente, ainda hoje, que o homem provém do macaco. É possível. Porque estamos vendo, agora, o contrário, isto é, o homem regredindo ao macaco. A civilização progride sempre, mas não se confunda civilização com cultura, e esta tenho a impressão que vai para trás com o rádio, a televisão e a bomba atômica.

E como eu o olhasse incrédulo:

– Olhe, eu sou de uma cidadezinha do interior de Minas, onde vivi até os dezessete anos. No meu tempo, existiam lá duas bandas de amadores. Cada uma com vinte e cinco músicos. A rivalidade entre as duas era grande. Por isso, havia que ensaiar muito para não ficar atrás no favor público, que estimulava uma e outra. Ensaiava-se todos os dias. Mal acabava o jantar, a rapaziada corria para a sede da charanga e, com ela, ia muita gente, que, assim, passava as noites inocentemente, ouvindo dobrados sadios ou valsinhas do tipo dessas que Mignone, Camargo Guarnieri e Gnattali têm estilizado. Havia também teatro, igualmente de amadores. Ensaiavam, ensaiavam, e de vez em quando davam o seu espetáculo, a que concorria toda a gente do lugar. Havia dois clubes de futebol, que, à semelhança das charangas, dividiam as preferências do povo.

Passei trinta anos sem rever a minha cidadezinha. A semana atrasada, tendo que ir a Diamantina, aproveitei a ocasião e fui rever os meus pagos... Que decepção! Ainda não há lá arranha-céu, mas há uns prédios de dois ou três andares imitando os arranha-céus de mau estilo do Rio e de São Paulo. Soube que as duas bandas de música tinham desaparecido. Não se fazia mais teatro. O futebol decaíra.

O culpado de tudo isso, explicou-me o vigário, foi a civilização: foi o rádio, produto e instrumento dela. Em cada casa da minha cidadezinha natal, mesmo a mais pobre, há um rádio. As moças do lugar deixaram de se interessar pelas charangas de antigamente: só querem saber dos cantores e cantoras de samba, baião e *blue* da Rádio Nacional; os velhos e velhas acompanham com paixão as novelas do Amaral Gurgel e seus concorrentes.

– E a rapaziada? – perguntei.

– A rapaziada vai para o bar e fica torcendo... pelo Vasco ou pelo Flamengo!

25/1/1956

BRAGA

    Eu andava sentindo falta de qualquer coisa e não sabia o que era. Isso me punha na velha alma uma insatisfação, um enfaro, que eu atribuía às causas mais diversas – à supressão de um ponto de parada de ônibus na avenida Calógeras, ao General Lott, à falta de boa baunilha no mercado... De repente me deu o estalo e achei: eu estava era sentindo falta da crônica diária do velho Braga: a semanal da *Manchete* não me bastava.

    Agora estou como quero: compro de manhã o *Diário de Notícias* e vou logo à segunda página, ao puxa-puxa de Braga. Braga é sempre bom, e quando não tem assunto então é ótimo. Disseram um dia do português Latino Coelho que era um estilo à procura de um assunto. Braga é o estilista cuja melhor performance ocorre sempre por escassez de assunto. Aí começa ele com o puxa-puxa, em que espreme na crônica as gotas de certa inefável poesia que é só dele. Será este o segredo de Braga: pôr nas suas crônicas o melhor da poesia que Deus lhe deu? Os outros cronistas põem também poesia nas suas crônicas, mas é o refugo, poesia barata, vulgarmente sentimental, que tanto pode estar ali como nos versos de... Bem, cala-te, boca! A boa poesia eles guardam para os seus poemas. Braga, poeta sem oficina montada e que faz poema uma vez na vida e outra na morte, descarrega os seus bálsamos e os seus venenos na crônica diária.

    Sempre me irritou ouvir dizer de um sujeito estúpido: "É um cavalo". O cavalo é um animal inteligente, observador. Grande observador, e o que é mais interessante, *sans en avoir l'air*. Braga também é assim. Com aquele seu ar contrafeito, hipocondríaco e de última hora (salvo seja), parecendo não prestar atenção a nada, não perde nada, anota nos escaninhos do seu subconsciente os mil detalhes da vida enorme, os quais, muito mais tarde, a propósito disto ou daquilo, compareçam numa crônica a tempo e a hora, no minuto exato em que são requisitados pela memória de Braga para nos surpreender a sensibilidade incauta.

Nem sempre, porém, Braga é *va comme je te pousse*. Frequentemente compõe. Uma vez contei a ele como, saindo à noite de um bar na praia do Flamengo, caí em cheio dentro dos olhos de Clarice Lispector, que ia passando por ali. Braga juntou isso com outra coisa, que não sei se era experiência própria ou alheia, e fabricou uma de suas obras-primas.

Saúdo a presença de Rubem Braga nas colunas do *Diário de Notícias* com a última dose de laranjinha que tenho em casa. Laranjinha confeccionada por meu amigo Raul Maranhão com Sapucaia velha do Vilarino, Cointreau e casca de laranja, que não sei se é seleta ou da terra, vou indagar.

7/3/1956

ESTILO ROMÂNTICO

Nas *Páginas de estética*, livrinho admirável, no entanto escrito como escrevo estas crônicas – colaboração semanal que foi para o *Correio da Manhã* – ensinou mestre João Ribeiro que para entender os clássicos há que respirar a atmosfera em que eles viveram, entranhar-se naquele mundo, tão diferente do nosso, que edificaram. Sábias palavras, que, na verdade, valem para qualquer autor do passado.

Lembrei-me delas a propósito da representação de *Maria Stuart*, que dirigida em estilo romântico por Ziembinski, suscitou numerosas restrições da crítica teatral especializada, havendo mesmo quem baixasse a ripa em pancadas de cego sobre diretor, atores, cenógrafo e figurinista: só eu escapei, e não merecia, porque também trabalhei romanticamente na minha tradução.

Os *modernos* andam, ao que parece, assanhadíssimos. Já não lhes basta tratarem modernamente os assuntos modernos, o que está muito certo, ou interpretarem, com espírito moderno, os grandes temas do passado: querem que as próprias obras-primas do passado sejam apresentadas em estilo moderno, o que se me afigura inadmissível.

Inadmissível sobretudo quando se trata de teatro romântico. As personagens de tal teatro são, como disse Ziembinski, grandes pavões vaidosos, e não é possível cortar-lhes as asas sem reduzi-los a aves de galinheiro. Mas Ziembinski foi imprudente ao declarar em público que trabalhara, de certo modo, contra mim quando procurou restituir aos versos a cadência que eu deliberadamente me esforcei por disfarçar (assim procedendo, trabalhei não contra o romântico, pois não é romantismo a pura melopeia).

Nem só os críticos, mas também alguns amigos, cujo juízo muito prezo, fizeram reservas ao tom declamatório de certas falas. Sinceramente, não percebi ênfase senão nas de Mortimer. Mas Mortimer é a personagem romântica por excelência. Não existiu na vida, é criatura total de Schiller, que ao inventá-la ainda era dos pés à cabeça o *Stuermer und Draenger*. Mortimer, destrambelhadamente romântico, não podia falar de outro jeito.

Digam o que disserem, aqui ou em Paris: uma peça violentamente romântica terá sempre que ser apresentada dentro do estilo romântico. Ou, então, não a exumem do pó dos séculos.

28/3/1956

MONAT

"Começo de conversa" chamei à primeira das minhas crônicas para o *Jornal do Brasil*. E é sempre em tom de conversa que as vou escrevendo. Ora, conversa de velho costuma ser um desfiar de reminiscências; qualquer coisa puxa por elas: é o que está me acontecendo.

A semana passada as sociedades médicas celebraram o centenário do nascimento de Henrique Alexandre Monat,[13] e as notícias que li a respeito nos jornais levaram-me aos tempos em que eu cursava o Externato do Colégio Pedro II, quando ainda havia rua Larga e rua Estreita de S. Joaquim, hoje uma só avenida Marechal Floriano. E mandei um pensamento de saudade ao morto ilustre.

Não conheci Monat como médico. Conheci-o, sim, como professor de francês. Concorreu ele em 1900 à cátedra daquela matéria no Pedro II. Naqueles dias a meninada do colégio interessava-se vivamente pelos concursos e eu era um dos que não perdiam o bate-boca das arguições. Assisti ali a duas provas memoráveis – a de Almeida Lisboa na cadeira de matemática e a de Monat na de francês.

Com Monat concorriam Gastão Ruch, que acabaria tirando o primeiro lugar, e Roberto Gomes, que admirávamos e invejávamos porque em francês saudara muito elegantemente a Réjane

---

[13] Henrique Alexandre Monat (1855-1903), baiano, destacou-se por sua contribuição ao desenvolvimento da medicina no Brasil. Fundou a Sociedade de Medicina e Cirurgia do Rio de Janeiro e, além de exercer a clínica médica, foi professor de Língua Francesa do Colégio Pedro II. (N.E.)

em cena aberta no velho Teatro Lírico (era então ainda estudante de direito). Todos três falavam o francês como parisienses, mas dos três o que me parecia mais parisiense, pela fisionomia, pelo jeito, pela vivacidade e malícia de suas réplicas e repentes era Monat. Não tinha nem de longe o ar professoral, esse ar vagamente cafardento que, com os anos se vai insinuando na voz, nas maneiras, em todo o conspecto do professor. Parecia mesmo era médico e grande médico – um médico que descansasse dos labores da profissão ensinando francês como quem conversa.

O espírito de Monat fez durante algumas horas as delícias do auditório. Quando o arguido parecia levado à parede, eis que se saía brilhantemente em escapula divertidíssima, que sacudia a assistência num acesso de hilaridade. Uma dessas respostas tornou-se mesmo proverbial. O examinador que o arguia era um purista, e a certa altura censurou na tese de Monat o emprego de uma expressão incorreta. Não me recordo mais o que era, mas devia ser uma dessas peculiaridades da nossa fala brasileira, talvez um caso de colocação pronominal.

– Sr. Monat, isto não é correto, disse o homem severo.

Ao que Monat retrucou com a velocidade de um raio:

– Não é correto, mas é corrente!

E era mesmo, todo o mundo estava vendo, e o purista embatucou.

22/6/1955

PRUDENTE

Está de parabéns o *Diário de Notícias*, tendo desde anteontem à testa de sua redação um dos homens melhores e mais inteligentes do Brasil – o experimentado jornalista Prudente de Morais, neto, meu sobrinho adotivo muito amado (vá nesse decassílabo espontâneo a mais lírica demonstração do meu afeto). Está de parabéns o *Diário de Notícias*, mas não sei se se deva dizer o mesmo de Prudente. Não há na minha reserva o mais mínimo desapreço pelo grande jornal de Orlando Dantas, baluarte das liberdades públicas em memoráveis campanhas. O que há nela é a dor de ver continuar a perder-se em tarimba de imprensa um homem que me parece nascido para outra coisa: nascido para poeta, crítico e professor. Não sei se o poeta ainda subsiste em Prudente: há anos que ele não dá um ar de sua graça bissexta. O crítico e o professor sabemos todos que subsiste, porque o que foi durante anos a fio o seu cotidiano artigo no *Diário Carioca* senão uma luminosa lição em matéria de política ou economia?

Sim, Prudente faz jornalismo do melhor, do mais sereno, do mais alto, mas isso é tarefa que muitos outros poderão desempenhar, outros que nasceram exclusivamente para jornalistas. Prudente, porém, é dos poucos, entre nós, que trouxeram do berço o dom de sentir, e ao mesmo tempo analisar, a poesia, e bastaram alguns pequenos ensaios da adolescência nesse domínio para nos dar a certeza de que iríamos ter, enfim, o nosso primeiro grande crítico de poesia. Ora, é triste ver tão rara capacidade empregada em demonstrar por A mais B que o presidencialismo nos convém mais do que o parlamentarismo e o mal está em que não é cumprido, que a reforma cambial deve ter execução imediata; que a aliança do PSD com o PTB e com o PCB, meu Deus, é de amargar.

Que idade risonha e bela a daqueles tempos em que era frequente topar-se com o Prudente numa esquina da avenida e ir com ele para um café – café sentado – e ficar uma meia hora, uma hora, falando de poesia, de samba, de corridas de cavalo – de tudo que *non è una cosa seria!* Prudente jornalista é um enfurnado, ninguém mais o vê senão no jornal.

O jornalismo de Prudente é de primeira ordem, sem eiva de sensacionalismo, sólido e repousante. Os leigos em política podem confiar nele como os meninos descansam na opinião dos pais. Mas que influência poderá realmente exercer em nosso meio político? Todos nós sabemos a força catastrófica de uma balela infame como a dos "marmiteiros", como a das cartas falsas de Artur Bernardes; as palavras de clara e serena persuasão, como são as de Prudente, pesarão alguma coisa?

26/10/1955

OLHAI OS LÍRIOS

As palavras com que o Cristo anunciou o sacramento da Eucaristia foram situadas pelos evangelistas Mateus, Marcos e Lucas na última Páscoa. João, porém, coloca-as no discurso pronunciado por Jesus na sinagoga de Cafarnaum, e os seus comentários pintam ao vivo a rudeza dos pobres primeiros discípulos do Divino Mestre.

– Eu sou o pão vivo, dizia Jesus. O pão que eu der é a minha carne, que eu darei pela vida do mundo.

Mas os judeus não compreenderam o sentido daquelas palavras e consultavam-se, uns aos outros, perplexos: Como nos pode dar este a sua carne a comer?

Jesus insistia:

– Quem come a minha carne e bebe o meu sangue tem a vida eterna. Porque a minha carne verdadeiramente é comida, e o meu sangue verdadeiramente é bebida.

O que escutando, disseram muitos dos discípulos: Duro é este discurso; quem o pode ouvir?

Os séculos passaram, e hoje não há quem não entenda as palavras da Eucaristia. Toda esta multidão que estou vendo passar sob a minha janela para receber a hóstia junto ao altar do Congresso sabe que vai comer a carne e beber o sangue do Senhor. E sabe que essa carne é verdadeiramente comida, e que esse sangue verdadeiramente é bebida.

Há, no entanto, outras palavras do Evangelho que continuam duras de ouvir para muita gente. Não gente simples e bronca: muitos até que bem inteligentes.

Por exemplo, esta exortação do Sermão da Montanha:

– Olhai para as aves do céu, que não semeiam nem segam, nem ajuntam em celeiros: e vosso Pai celestial as alimenta. Olhai para os lírios do campo, como eles crescem: não trabalham nem fiam. Buscai primeiro o reino de Deus e a sua justiça.

Hoje ainda há quem sustente que isso é conversa de intelectuais desligados das realidades deste mundo. Primeiro enriquecer; depois, sim, cuidar-se-á do reino de Deus e de sua justiça. Duro discurso é esse, digo eu agora.

JOGRAIS DE SÃO PAULO

Quando Carlos Drummond de Andrade e este vosso criado fomos convidados a ouvir os Jograis de São Paulo, confesso que o apelido medievalista me assustou um bocado. Mas o convite era instante, o espetáculo um pouco de homenagem a nós e a Vinicius de Moraes, que visitávamos a Pauliceia, não havia como fugir. Depois, alguns amigos tranquilizaram-nos: os Jograis eram interessantíssimos. Fomos e não nos arrependemos. Os amigos tinham razão: os Jograis são de fato interessantíssimos.

Ao ver aqueles quatro rapazes ali alinhados no Teatro Leopoldo Fróes, diante de uma casa fraca, lembrei-me logo de Mário de Andrade (a lembrança de Mário é para mim obsedante em São Paulo) e de sua "Moda dos quatro rapazes": parodiei-a de mim comigo: "Somos quatro rapazes diante de uma plateia quase vazia..." Aproveito desde já a minha lembrança para sugerir aos Jograis a inclusão da "Moda" de Mário no seu repertório: será um número de sucesso garantido.

Os Jograis são, pois, quatro rapazes simpaticões, três com voz grave, um atenorado, o que serve admiravelmente ao conjunto quando surge nos poemas a restrição irônica, os quais dizem poesia em coro, num estilo, por assim dizer, oratorial, lendo os poemas, não declamando de cor e, portanto, não teatralizando-os. O mal da declamação é, a meu ver, a teatralização. Recitar um poema tem que ser como cantar um *lied*: a expressão deve estar toda na voz e nos olhos. Os Jograis se exibem também individualmente, e às vezes até beníssimo, como foi o caso de Carlos Vergueiro em meu "Desencanto". Mas aí se confundem com os bons declamadores. A originalidade e excelência deles está no coro, no poema dito a quatro vozes, o que permite pôr em destaque certos elementos dramáticos, humorísticos ou simplesmente musicais. Por exemplo: na "Evocação do Recife", as variantes "Capiberibe, Capibaribe". (A propósito, uma crítica: quem deve dizer a primeira forma é o da voz atenorada: no momento não me recordo se Ruy Affonso ou Rubens de Falco. Capibaribe soa como um Capiberibe abemolado: foi a intenção musical que pus na variante.)

A audição dos Jograis agrada tanto, que se fica logo desejosíssimo de ouvir tais e quais poemas ditos por eles: a "Quadrilha" de Drummond de Andrade, certos poemas de Ascenso Ferreira, como a "Mula de padre" ou "Cavalhada", o início de *Cobra Norato*, tantos!

Jograis, vocês precisam vir dar a conhecer ao Rio a vossa invenção (falo paulistamente para demonstrar o meu entusiasmo).

28/12/1955

ORESTES

Não é do Atrida que vou falar, daquele grego terrível que matou a mãe, foi perseguido pelas Fúrias, apunhalou Pirro e, junto com a irmã e Pílades, sacrificou Toas, roubou a estátua de Diana e acabou morrendo prosaicamente de uma mordedura de cobra. Não, o meu Orestes é outro, pertence à raça pacata e cantante de Orfeu, era funcionário da Câmara dos Vereadores, mas aposentou-se e desapareceu da circulação carioca, no louvável e derrisório intuito de desafogar o trânsito nas imediações da Galeria Cruzeiro. Em duas palavras famanadas: Orestes Barbosa.

Andava eu com saudades de seu passo de baliza, de suas roupas brancas impecáveis, de seus olhos claros de água-marinha: onde andará ele? Não me venham dizer que teve um enfarte e está na tenda de oxigênio, pensava comigo, apreensivo. Nada disso. O último número de *Manchete* traz uma entrevista com Orestes, e sabemos agora que o velho jornalista continua em boa forma, só que aposentado não apenas do funcionalismo, mas de tudo – das letras de canções e até dos cavacos de rua. O Rio mudou muito, agora só há cafés em pé, e Orestes é dos tempos do Nice, para não falar do Suíço, que saudades! onde vi o poeta Schmidt, então modesto gerente da Livraria Católica, ser tocado para fora do café por estar em mangas de camisa, o que não era permitido ali.

Orestes vive hoje em Paquetá, não vem ao Rio senão para receber os seus vencimentos de aposentado, tem casa na Ilha e passa as tardes em sua varanda bebendo cerveja gelada, que delícia! Não se queixa da vida, diz que o seu tempo como letrista de canções passou, que o povo agora quer é samba e baião, com sanfona e tudo. Só não concordo com Orestes quando ele zomba de violão encordoado com tripa. Viva a corda de tripa! Violão com cordas de aço não é violão, é guitarra. Violão é alaúde. Alaúde é violão medieval.

Grande poeta da canção, esse Orestes! Se se fizesse aqui um concurso, como fizeram na França, para apurar qual o verso mais bonito da nossa língua, talvez eu votasse naquele de Orestes em que ele diz: "Tu pisavas nos astros distraída..." Só mesmo em chão de estrelas era possível achar esse verso. Decerto Orestes rojava no sublime, e a mulher que o inspirou pisou-lhe, acinte ou inadvertidamente, o coração, que se abriu na queixa imortal. Sei de muito poeta (Onestaldo de Pennafort é um deles e eu sou outro) que se rala de inveja porque não é autor daquele verso. Com razão: nunca se endeusou tanto uma mulher como naquelas cinco palavras...

18/1/1956

O ESTRANGEIRO

A campainha tocou, abri a porta, estava ali um rapaz de blusão, que se inclinou num ângulo de 45 graus e foi dizendo que era um poeta da América espanhola, a nacionalidade não importava, conhecia toda a minha obra e desejava *charlar* um pouco. Que maçada! pensei. E expliquei-lhe que no momento não seria possível, eu estava com visitas (não era praticável introduzir no colóquio elemento tão heterogêneo). – Mas volte outro dia. Não deixe, porém, de telefonar antes, avisando-me. Novo cumprimento de 45 graus e o estrangeiro partiu sem mais palavra.

No dia seguinte, abri a porta para sair, lá estava o rapaz. – Por que não telefonou, como pedi? Ele balançou a cabeça, triste, mas resoluto, como querendo significar que aquele expediente burguês era coisa abaixo de sua dignidade de poeta e boêmio. – Dê-me três minutos. Três minutos de relógio!

Dei-lhe três minutos. Uma lábia infernal. O estranho visitante falou-me de meus versos com perfeito conhecimento de causa. Virou pelo avesso o meu "Último poema", comentou a tradução do "Torso de Apolo", de Rilke, referiu-se com entusiasmo a uma jovem poetisa cubana, Carilda Oliver Labra, conhecia todo o mundo na América, falou de Neruda, de León de Greiff, de Coronel Urtecho, mostrou-me notícias de conferências suas em Belém do Pará...

– Quando chegou ao Rio?
– Ontem mesmo.
– Quanto tempo vai se demorar?
– Não sei.

– De que vive?

– De mendicância. Tem sido assim em toda parte, será aqui também. Quando tenho fome, entro num restaurante e peço comida. Um, dois, três recusam, o quarto me atende. Quando me regalam onde dormir, durmo em cama. Senão, passo a noite andando: tenho uma saúde de ferro, posso andar 25 quilômetros sem sentir fadiga. Comer, dormir não são problemas para mim. Os problemas da vida são outros.

Despediu-se sem me pedir nada. Perguntei-lhe se aceitava dinheiro para o jantar. O "sim!" alegre e enérgico com que respondeu já era o seu agradecimento. Apertou a minha mão e antes que eu chamasse o elevador, desceu as escadas como uma bala.

19/10/1955

OVALLE

I

O que havia de mais extraordinário em Jaime Ovalle é que, tendo tão pouca instrução, fosse tão profundamente culto. Cultura que fizera quase que exclusivamente por si próprio e pela leitura da Bíblia. Era um homem visceralmente impregnado da palavra do Cristo. E nunca ninguém sentiu tão compreensivamente o Brasil, de cuja formação étnica tinha uma consciência como que divinatória. Em qualquer manifestação artística que fosse, sabia discernir de pronto e infalivelmente o que havia de negro ou de índio. O seu amor das negras era, afinal, amor da raça negra. Um dia uma negrinha da Lapa repeliu-o, repreensiva: – O senhor, um homem branco! E Ovalle: – Eu sei que é uma infelicidade minha, mas não tenho culpa de ser branco!

Ovalle começou, rapazola, sendo um simples tocador de violão e boêmio notívago. E desse chão tão humilde subiu à música erudita (mas sempre fundamente enraizada no patos popular), ao poema em inglês e ao devanear místico, este ortodoxamente católico, mas com uns ressaibos de judaísmo e de macumba.

No movimento modernista foi um elemento marginal, que agia contaminando os seus amigos militantes de sua personalidade federativamente brasileira. Mário de Andrade era paulista (por mais que forcejasse absorver todo o Brasil); Carlos Drummond de Andrade, mineiro; Augusto Meyer, rio-grandense-do-sul; eu, pernambucano mal carioquizado, e assim por diante. Ovalle era o carioca de sua definição famosa, isto é, um sujeito nascido no

Espírito Santo ou em Belém do Pará. Ovalle nascera no Pará. Mas não era, nunca foi paraense. Nunca foi de Estado nenhum: era brasileiro e sentia em si todos os Estados. Fala-se de influência disto e daquilo, deste e daquele poeta francês, italiano ou alemão sobre os poetas da geração de 1922. A influência de Ovalle foi muito maior: nunca de exterioridades formais, mas de alma. Ele sabia dizer com absoluta segurança onde estava o momento mais alto da poesia numa música, num poema, numa pintura.

O espantoso de Ovalle é que coincidissem nele um artista tão profundo, embora tão deficientemente realizado, um boêmio tão largado, um funcionário aduaneiro tão exemplar na sua honradez e competência, e um ser moral de ternura a um tempo tão ardente e tão esclarecida.

14/9/1955

II

Ovalle compositor tem a sua imortalidade garantida como autor do "Azulão". Todos os nossos críticos musicais celebraram a perfeição dessa página por tudo o que ela exprime da alma brasileira em sua melodia, em seu ritmo, em seu colorido, em sua mesma substância. Massarani confessou que o "Azulão" conciliou-o com o Brasil musical, de que a princípio andou meio desconfiado.

Mário Cabral equivocou-se ao dizer que "Azulão", "Modinha" e "Três pontos de santo" foram concebidas e escritas em Londres. Não, são anteriores. As duas primeiras peças foram compostas no apartamento térreo da ladeira de Santa Teresa, de paredes decoradas por pinturas de Cícero Dias executadas em aniagem ordinária.

Não, o "Azulão" não é uma canção de exílio. Mas representa na música brasileira o que representa na poesia a "Canção do exílio". Nos versos de Gonçalves Dias como na melodia de Ovalle há aquele inefável das coisas despretensiosas que pela simplicidade atingem o sublime.

"Modinha" também ficará, porque, se bem não tenha o sabor total brasileiro de "Azulão", transpôs à música erudita o espírito da seresta carioca – os dengues e as malandragens das valsas e polcas dos Anacletos para as quais Catulo escrevia as suas letras capadoçalmente conceptistas (tanto que, tendo eu de escrever palavras para ela, procurei catulizar-me o mais que pude).

Seria injusto, porém, reter de Ovalle apenas essas duas melodias. Os "Pontos de santo" ocuparão sempre lugar de honra num cancioneiro de temas negros. "Estrela brilhante", "Estrela no céu é lua nova", exprimindo o que havia de mais densamente cósmico em Ovalle, transmitem com incomparável fidelidade e felicidade o mistério do mundo das macumbas. E quanta graça e ternura e fina melancolia há nas pequenas peças para piano – os "Dois retratos" (o meu e o de Maria do Carmo), o "Tango", o "Martelo", o "Prelúdio"... Sem falar nas "Legendas", que seriam o pórtico para uma atividade musical de maiores ambições. Mas essa já não seria possível para Ovalle, que desperdiçara em serestas de violão os anos em que se pode aprender. Bem que ele tentou recuperar o tempo perdido e antes de embarcar para Londres andou tomando lições com Paulo Silva. Mas era tarde, evidentemente. A música de Ovalle tinha de ficar no que ficou: uma extensão ao piano daquilo que ele balbuciava com indizível sortilégio nas cordas do violão. O seu violão não se parecia com nenhum outro. Tangia-o ele com a canhota, o que lhe valeu uma técnica *sui generis*. Não era violão de seresteiro: tinha todos os encantos dos seresteiros e mais alguma coisa de muito requintado, mas sem a mínima pretensão nem duvidoso gosto.

18/9/1955

III

Ovalle poeta foi bem diverso de Ovalle músico. Eram duas almas distintas na mesma pessoa. A música de Ovalle foi a sublimação do sentimento e das formas populares absorvidas por ele na sua infância e na sua verde mocidade. Não assim a sua poesia, cujas raízes estavam na Bíblia, salvo a da lírica amorosa, de natureza extremamente sofisticada.

As raízes estavam na Bíblia, disse eu, mas não havia nela, como na de Augusto Frederico Schmidt, não havia de todo nela o acento bíblico. O Deus de Ovalle não era um Deus formidável, era um Deus dulcissimamente humano, ou por outra e melhor, um Deus ovalliano, era Ovalle deificado. Só mesmo um Deus concebido por Ovalle poderia ficar contemplando em silêncio as folhas que caem das árvores e as folhas que não caem, contente de ver que elas *do it right*. Só um Deus de Ovalle poderia vir esperar Ovalle à porta do céu com sua Mãe e seus Anjos e seus discípulos. E só Ovalle poderia imaginar que, então, ele, Ovalle, haveria de chorar por assim nascer para a vida eterna, como chora qualquer criança que nasce para esta nossa vida terrena. Ovalle sabia o que é ser um santo: é como ser louco.

No pecador Ovalle havia momentos de tal pureza, que ele podia sonhar a pureza da Virgem Maria em versos como estes:

> Era uma virgem.
> A mais pura de quantas mais puras
> Viviam na santa Jerusalém.
> Uma noite depois de fazer as suas orações
> Deitou-se adormeceu e na manhã seguinte
> Acordou triste e doente de vergonha:
> Sonhara este sonho
> Um pássaro veio voando do céu
> Veio voando voando
> Pousou em sua cama
> E dormiu assim a noite toda.

Advirto que a minha tradução é muito imperfeita. O original é em inglês. E isso constitui mais uma das singularidades de Ovalle. Só no inglês é que a sua poesia pôde encontrar expressão adequada. Como chegou ele a exprimir-se num idioma que mal conhecia? Teve, sem dúvida, quem o ajudasse, mas ao seu idioma soube transmitir precisamente o que queria dizer. As vivências de todos esses poemas em inglês são sabidamente ovallianas, o acento também.

21/9/1955

BALLET

Há muito tempo que deixei de frequentar os espetáculos de *ballet*, e se me perguntarem por que, terei de responder que por saudosismo. Quem, como eu, começou a conhecer o *ballet* na sua grande época, isto é, no tempo de Nijinsky, Karsávina, Pávlova, sente uma funda melancolia ao ver os conjuntos modernos, que são, em cotejo com o conjunto fabuloso do *ballet* russo de Diaghilev, como destroços de uma bela arquitetura derrocada. Nem se diga que era assim porque Nijinsky foi um gênio. A verdade é que, fora daquele ambiente, Nijinsky provavelmente não seria... Nijinsky. Fãs de Rabowsky, não podereis fazer ideia do que seria Rabowsky, se Rabowsky trabalhasse, não no pobre conjunto de hoje, mas no daquele tempo. Porque no esplendor do *ballet* russo tudo concorria para o rapto do espectador: a música russa era uma novidade, os cenários de Bakst outra, os dançarinos, a orquestra... A emoção era demais, ficava-se até abafado. Sentia-se desde logo que naquele gênero não se poderia ver nunca mais nada superior ou sequer igual. O *ballet* para o futuro teria que ser outra coisa.

De fato, só quando aparecia outra coisa, como *"Table verte"*, nós, que vimos Nijinsky e seus companheiros de *troupe*, podíamos esquecer a maravilha já vista. Até nem gosto de falar nisto: estou me lembrando do remoque de certo crítico de bailados que escreveu, um dia, dos saudosistas como eu: "Umas pessoas que viram Nijinsky e depois não viram mais nada..." Dizia isso a propósito de Lifar, que ele adorava. E Lifar valia infinitamente menos do que vale este belo e levitante Rabowsky, que neste momento faz reboar de aplausos entusiásticos a plateia do Municipal.

Vi Rabowsky. É um grande dançarino, sem dúvida, mas não justifica absolutamente o juízo emitido por um técnico, a saber, que a arte de Nijinsky, em comparação com a dele, era um frio academismo. Precisamente o que sinto é que Nijinsky me parecia mais telúrico, mais animal. Rabowsky *espectro da rosa*[14] é muito mais medido e comedido, mais acadêmico (no bom sentido) do que Nijinsky. Os dois grandes saltos de Rabowsky, o de entrada e o de saída, são plasticamente mais perfeitos do que os de Nijinsky, mas os deste eram mais emocionantes... Nijinsky era um monstro.

Onde pude admirar Rabowsky sem reserva, porque nisto ele não lembra ninguém e se coloca num plano acima de quaisquer comparações, é nas atitudes e passos de alegria, de pura alegria, de alegria ginástica, como no *pas de deux*,[15] de *Coppélia*. Mas, meu Deus, para deliciar-me naqueles curtos momentos, tive que bocejar durante duas horas com as trivialidades de *Mascarade* e do *Eterno triângulo*.

16/10/1955

---

[14] Referência ao célebre *ballet O espectro da rosa*, escrito pelo francês Jean-Louis Vaudoyer, encenado pela primeira vez em 19 de abril de 1911, em Monte Carlo, com o famoso bailarino russo Nijinsky. Conforme noticiou o *Correio da Manhã* de 13 de outubro de 1955, também foi encenado no Teatro Municipal do Rio de Janeiro no dia anterior e nele atuaram os bailarinos Istvan Rabowsky e Nora Kovach. Ao que tudo indica, Bandeira alude nesta crônica à montagem brasileira. (N.E.)

[15] O autor faz referência a um exercício do *ballet* clássico – "o passo de dois" – no qual a bailarina executa movimentos acompanhada por seu parceiro de dança. (N.E.)

RETORNO

Meu amigo Sizenando é homem de cor, mas a cor nunca lhe deu nem sombra de recalque. É, aliás, um mestiço eugênico, alto, robusto, bem formado e quase belo. Tem sido, por todas essas qualidades físicas e mais por uma lábia amorosa verdadeiramente infernal, tem sido amado até o delírio por grandes mulheres de todas as cores e todos os matizes. Sua esposa legítima é branca. Sua amante, também legítima, é outra branca. Com esta vinha ele passando, ultimamente, a maior parte de seus dias, o que acabou levando a mulher legítima a uma expedição ao quartel-general daqueles amores clandestinos. Chegou lá, bateu, a porta entreabriu-se, mas, reconhecido o inimigo, logo se fechou, para dar tempo a que meu amigo se escondesse num armário. Então, aberta de novo e rasgadamente a porta, começou o ajuste de contas entre as duas mulheres. A amante convidou a esposa a debaterem o caso na rua, não só para evitarem o escândalo naquele edifício de apartamentos superlotado, como para salvar Sizenando de uma possível morte por sufocação dentro do armário. Chegadas à porta da rua, tomaram à direita e enfiaram pela primeira transversal.

Tranquilizado pelo silêncio que se seguiu à partida das mulheres, saiu Sizenando de seu esconderijo, despiu o pijama, vestiu a roupa e deixou o apartamento. À porta de entrada do edifício, espiou a um lado e outro, não viu as mulheres, consultou a intuição, para onde terão ido? para a esquerda? para a direita? A intuição respondeu que para a esquerda. Sizenando rumou para a direita e foi cair na boca do lobo. Das lobas, pois deu com as duas mulheres empenhadas num entrevero, as quais, ao verem-no, vieram para ele, tomadas ambas da maior indignação.

    Foi então que Sizenando usou de um golpe genial, dizendo-lhes reprovativamente e com grande calma: – Mas vocês, duas brancas, brigando por causa de um preto?! E afastou-se rápido.

    Desfecho: Sizenando, naquela noite, foi pernoitar em casa da mulher legítima, que o recebeu de braços abertos. Passou com ela o dia e a noite seguintes. No terceiro dia, procurou a amante. Duas noites de cão passara ela. Mas quando abriu a porta e viu diante dela o meu eugênico amigo com o seu plácido sorriso, abriu-lhe, também, como a outra, os braços de Severina. E os dois se encaminharam para o interior do apartamento: era o movimento de retorno aos quadros constitucionais vigentes.

A BALEIA GIGANTE

Ao voltar, ontem, para casa, encontrei à porta do elevador o meu vizinho paredes-meias Genolino Amado, que vinha sobraçando, muito encalistrado, um volumoso embrulho de papel pardo. Tão encalistrado que se julgou na obrigação de me explicar que eram umas limas do sítio de um amigo obsequiador.

Então, em três ou quatro segundos, o tempo de chegarmos ao oitavo andar do heroico Edifício S. Miguel, expus a Genolino a minha teoria do embrulho. Nasce-se para portador de embrulho como se nasce para poeta, inventor ou olheiro de automóveis. Eu, por exemplo, nasci para portador de embrulho, e aos quinze anos transportei às costas, como uma carapaça, desde a rua Benjamin Constant até Laranjeiras, uma banheira portátil (tratava-se de um caso de vida ou de morte, era ao cair da noite num dia feriado, as lojas de ferragens estavam fechadas e não havia carregadores na rua). João Condé é outro como eu. O "mercador de livros" Carlos Ribeiro, também. Mas quem pode imaginar meu amigo e mestre Aloysio de Castro a pé pelas ruas da cidade levando debaixo do braço um embrulho como aquele que vi nas mãos de Genolino?

Vou contar-lhes uma anedota curiosa: quando fui eleito para a Academia, meu amigo Nascentes comentou para mim que a honra tinha suas vantagens e suas desvantagens. As desvantagens, disse-me ele, era que eu não poderia mais, não me ficaria bem, andar em estribo de bonde, carregar embrulhos na rua, etc. Fiquei perplexo, não tinha pensado nisso, que havia de fazer? Pois era tarde: ninguém que entra para a Academia poderá deixar de pertencer a ela, mesmo que o queira; mas igualmente ninguém pode fugir ao seu destino de portador de embrulhos! Continuei na Academia e continuei sobraçando cotidianamente os meus embrulhos. Digo comigo mesmo, para me consolar, que o fato de um sujeito carregar com naturalidade um embrulho implica um certo tono de juventude, pelo menos espiritual. Mas agora me acode que Gilberto, irmão de Genolino, é incapaz de sair à rua com qualquer espécie de embrulho, e, no entanto, é espiritualmente um dos homens mais perenemente jovens do Brasil. Meus amigos, meus inimigos, meditai no problema, enquanto a Baleia Gigante não rebenta putrefata. A Baleia Gigante a que me refiro não é a da praça do Congresso: é a Democracia Brasileira.

13/11/1955

POESIA EM DISCO

Anteontem, na Livraria São José, Carlos Drummond de Andrade e eu estivemos, durante mais de duas horas, autografando discos que Carlos Ribeiro e Irineu Garcia fizeram gravar e onde alguns de nossos poemas estão ditos por nossas próprias vozes.

A ideia de fixar em discos a voz dos poetas só teve, entre nós, o precedente da Continental, que há alguns anos lançou no mercado poemas meus e de Olegário Mariano. Mas a iniciativa parou aí, não sei por que motivo. No estrangeiro tem ela prosperado abundantemente, e eu já tive ocasião de ouvir comovidamente as vozes de T.S. Eliot, Dylan Thomas, Marianne Moore, Elizabeth Bishop e outros. Sei que há discos de Éluard. Inútil é encarecer o valor de tais gravações, sobretudo para o futuro. Imagine-se o que não seria ouvirmos hoje a voz de Gonçalves Dias, a de Castro Alves; ouvir Casimiro de Abreu dizer o "Amor e medo"; Fagundes Varela, o "Cântico do Calvário"!

Podemos ainda hoje ouvir a voz de Caruso: da mesma maneira poderíamos ouvir os versos de Alberto de Oliveira, de Bilac, Raimundo Correia recitados por eles próprios. Bilac dizia admiravelmente (ouvi-o em "Dentro da noite" e na tradução de "O corvo" por Machado de Assis). Mas não houve, no tempo, Carlos Ribeiro e Irineu Garcia para pensarem nisso.

Nem sempre são os poetas os melhores intérpretes de seus versos. Alguns os dizem melhor que ninguém. Era o caso de Bilac e de Mário de Andrade. Ah, se tivéssemos em disco a voz de Mário interpretando o "Carnaval carioca", o "Noturno de Belo Horizonte", as "Danças", "As enfibraturas do Ipiranga"!

A voz do poeta, seu jogo de inflexões, seu acento de emoção nesta ou naquela palavra podem esclarecer muita coisa que no poema nos parece obscuro, hermético. De minha parte, posso dizer que só compreendi em maior profundidade os poemas de Eliot e de Dylan Thomas depois de os ouvir recitados por eles próprios.

Quanto a mim, devo declarar que nunca reconheci a minha voz nas gravações de rádio e vitrola. Dizem, contudo, que ninguém sabe a voz que tem. Se é assim, se o timbre de minha voz é mesmo aquele, então não gosto de minha voz e talvez por ela possa explicar a antipatia que me têm algumas pessoas, e não sei como não são mais numerosas.

27/11/1955

DEPOIMENTO DO MODELO

Uf! Acabei de posar para Celso Antônio. Durante cinco meses, mais! aguentei o suplício diário de ficar imobilizado, em pé sobre um caixote, por espaço de uma hora (aos sábados, hora e meia, com direito a um café, aliás excelente), só tendo para distrair-me os meus próprios tristes pensamentos e, às vezes, umas breves iniciações nos domínios tenebrosos da astrologia.

No começo, o escultor fazia, de vez em quando, o que ele chama "operação plástica": procedia a uma ablação do nariz, ou da boca, ou da orelha, para enxertar-lhes barro por baixo. Então eu ficava sentado no divã, assistindo com um certo mal-estar àquela execução em efígie.

Perdi a liberdade de cortar o cabelo quando bem entendesse; o escultor não mo consentia. – Preciso fazer, amanhã, dizia-me ele, severo, uma revisão geral. Na revisão geral, eu girava sobre o caixote, demorando apenas alguns minutos em cada posição. Era, de certo modo, uma trégua: eu podia espairecer os olhos nas reproduções d'*Os escravos*, de Miguel Ângelo (fundição de *Barbedienne*, o maior fundidor que já houve em todos os tempos!), de pinturas de Renoir, de Cézanne, de esculturas do próprio artista, modelos de quinze anos, belíssimos, mas *hélas!* de pernas abertas, não gosto disso.

Afinal, o trabalho entrou na fase do desenho, o que significa a tarefa de unir os planos, coisa exasperantemente minuciosa, com erradas e erratas. O a que o escultor aspira, então, é o que ele chama "a poeira de luz", que vai descer como uma bênção do céu sobre a forma cantante em sua sábia plenitude.

Chegou o tempo de passar a cabeça para o gesso. Quatro dias de descanso. Depois, mais uns dias de pose para retoque do gesso. Servia-me o escultor uma papa do chamado gesso podre, gesso com água, batido como se bate ovo. Muito desagradável. Mais desagradável ainda era receber de quando em quando uma borrifada enérgica: o escultor enchia a boca de água e, como se dá banho em papagaio, tome em minha cara de barro!

Mas tudo tem um fim, mesmo, por incrível que pareça, o trabalho de posar para Celso Antônio. Um belo dia, quando eu já não esperava, recebi alta daquele serviço militar. Olhei a minha cabeça em tamanho duplo do natural e me pareceu, sinceramente, que estava ali escrachado para toda a eternidade.

A escultura irá, um dia, se Deus quiser e Mário Melo não mandar o contrário, embelezar alguma praça do meu amado Recife, de que sou filho tão ingrato. Devo dizer que, modéstia à parte, mereço a homenagem: não pelos versos que fiz, em verdade poucos e chochos, não pela "Evocação do Recife", tão abaixo do indefinível e inigualável encanto da minha cidade natal – mas pela inaudita paciência com que posei para o grande artista e monstro Celso Antônio de Menezes, que Deus guarde sempre das quadraturas de Saturno![16]

16/11/1955

---

[16] Atualmente há no espaço público do Recife duas esculturas em homenagem ao poeta. A mais antiga é de Celso Antônio e está situada no Espaço Pasárgada, rua da União 263, que foi residência de seu avô. A outra, de autoria de Demétrio Albuquerque, está na rua da Aurora, às margens do rio Capibaribe. (N.E.)

ROSE MÉRYSS

Em *Machado de Assis desconhecido*, falando do velho Alcazar, daquele *Alcazar Lyrique Français* da rua da Vala, hoje Uruguaiana, escreveu Raimundo Magalhães Júnior:

> ... o ambiente era o de um café-concerto, envenenado pelo fumo dos charutos e dos cigarros, repleto de público ruidoso, de cartolas luzidias e chapéus na cabeça, por falta de chapelaria que os guardasse... Mas nada disso importava, porque o essencial era ver as diabruras da estrela, Mlle. Aimée, as gaiatices da Delmary, da Rose Villiot, da Rose Méryss, da Suzanne Castera, da Marie Steven...

Esse nome de Rose Méryss, encontrado assim inesperadamente na página de Magalhães Júnior, atuou em mim como a famosa *madeleine* do romance de Proust: reminiscências de meus treze anos, em Laranjeiras, vieram aflorando da franja do passado e comecei a me lembrar, nitidamente, da emoção e curiosidade com que certa manhã penetrei numa saleta de fundo num sobrado da rua Correia Dutra, aonde ia, com meu irmão, tomar lições de conversação francesa e dicção com uma ex-atriz, que não era outra senão a Rose Méryss. Provavelmente meu pai fora frequentador do Alcazar, e sabendo que a antiga estrela vivia, àquele tempo, de lições, a ela nos encaminhara para suprir as deficiências da nossa classe de francês no Pedro II.

Que idade podia ter então aquela que me pareceu uma velhinha, mas viva, inteligente, graciosa? As paredes de seu gabinete de trabalho estavam cobertas de fotografias do tempo em que ela foi atriz nova e bonita. Muitas vezes me apanhou ela distraído de suas lições na contemplação dos travestis de seus dias de glória no palco. Rose Méryss não era uma simples atrizinha bonita: tinha boa cultura, literária e musical. Lembro-me de ter aprendido com ela um monólogo do repertório de Coquelin Cadet, a história de um sujeito que saiu por Paris a pedir informações sobre um noivo, passou por uma série de amolações, a última das quais foi cair na casa de um velho tenor aposentado, que a tudo respondia com frases das óperas do seu repertório. O livro onde vinha o monólogo não dava a música, nem o título da ópera, no entanto, na lição seguinte, Rose Méryss me trouxe tudo apontado direitinho. Fiquei maravilhado.

Mais maravilhado ainda fiquei quando descobri que ela fazia versos. Uma tarde mandou-me ela chamar em casa para ensaiar a declamação de um longo poema de sua autoria, intitulado *"La Charité"*, escrito especialmente para ser dito numa festa de caridade que realizaria no dia seguinte. Voltei para casa preocupado, e até na hora do espetáculo não fiz outra coisa senão meter a martelo na cabeça os alexandrinos bem metrificados e bem rimados da minha professora. Quando entrei no palco do Teatro Apolo e vi a plateia abarrotada, senti um medo danado de embatucar no meio do poema, apesar da presença da autora na caixa do ponto. E em vez de dizer de cor, saquei da cópia que trazia no bolso e li. Dei com isso uma grande decepção à poetisa, que assim ficou privada de agradecer em cena os aplausos do público. Hoje só me recordo do último verso do poema: *"Elle est la Charité, qui fait tous les miracles!"* Mas quando o redigo, tenho sempre um pensamento de saudade para a amável velhinha que me ensinou a boa pronúncia de francês.

12/6/1955

O ESCULTOR

O artista parou de modelar, deu um suspiro e, batendo várias vezes com o desbastador na prancheta, naquele gesto que lembra tanto o dos pássaros quando limpam o bico no pau do poleiro, repetiu tristemente a frase que ouvira, um dia, do grande Bourdelle:

– *Quel malheur d'être sculpteur!*

Desabafou. As razões dele não eram as de Bourdelle. Ou por outra, eram as de Bourdelle mais as dificuldades que os artistas plásticos encontram no Brasil para criar a sua obra. Um poeta precisa apenas de lápis e uma folha de papel (que pode ser até de embrulho) para escrever o poema; já o escultor necessita de tanta coisa cara! E o problema do modelo? Era precisamente o problema do modelo que fazia o meu amigo suspirar tão fundo no momento em que falou como Bourdelle.

– Você não imagina a luta que é! Se tento fazer a cabeça de um amigo, não para ganhar dinheiro, mas para realizar o que trago dentro de mim e quer viver fora de mim, não consigo que ele pose longamente e com assiduidade; aparece aqui umas quatro ou cinco vezes, depois começa a negacear e afinal some. Muitos que fazem isso comigo são homens cultos, sabem que Despiaux levava três anos para modelar um busto. Aqui, quando o escultor pega a parecença com o modelo, acham logo que o trabalho está terminado, que o escultor quer é remanchar, têm medo que no acabamento minucioso da escultura se canse o barro e, quem sabe? a semelhança desapareça.

– Mas os modelos profissionais? perguntei.

– Horríveis! No Brasil, modelo só entre dezoito e vinte anos. Depois desta idade não há mais seio, há é muxiba. Os jornais são muito puritanos, não aceitam anúncio redigido assim, por exemplo: "Precisa-se de uma moça, de dezoito a vinte anos, com tipo indígena, para modelo de escultura". O recurso é anunciar: "Precisa-se de uma empregada para serviços leves". E quando a candidata se apresenta e tem condições para modelo, explicar-se com ela. Às vezes vêm aqui umas tão broncas, que quando põem a vista nestas cabeças, ficam apavoradas e fogem. Outras recusam-se a despir-se. De uma feita, uma delas despiu-se, era um modelo esplêndido, tratei tudo com ela, fiquei feliz. Farei, afinal, a minha fonte! disse comigo. Pois na manhã seguinte ela me apareceu para dizer que estava o dito por não dito, que ela tinha vergonha de posar.

– Mas você ontem não se despiu para mim? Como é que tem vergonha?

– Ah, mas ontem foi um instantinho. Muito tempo eu tenho vergonha.

E não houve meio de convencê-la. *Quel malheur d'être sculpteur!*

9/10/1955

TEMPOS DO REIS

Quem poderia imaginar que o simpático Américo Joaquim de Almeida acabaria bebendo formicida na Gruta da Imprensa? Escreveu um noticiarista que ele foi o criador da "meia-porção" dos restaurantes modestos. Não foi: a "meia-porção" já existia antes dele, pelo menos no Bela Pastora, restaurante da Lapa onde, por volta de 1910, comia meu amigo Pedro Teixeira de Vasconcelos, sobre o qual quero, um dia, falar a vocês. Mas o Américo foi o criador e a alma do Restaurante Reis, que eu conheci como foi primitivamente, humilde casa de pasto, cujo grosso da freguesia era de motoristas e carroceiros, a que vieram, com o tempo e não sei como, juntar-se jornalistas, escritores, artistas ou simples boêmios. E muitas vezes via-se isto: o carroceiro portuga, em manga de camisa, devorando esplendidamente o caldo verde depois da porção inteira de feijoada completa, tudo regado com uma garrafa de cerveja preta, ao passo que o poeta, que o olhava invejoso e bestificado, tinha que se contentar com a meia-porção de silveira de galinha, sem pão nem guardanapo.

Frequentei o Reis nos primeiros anos da década de vinte, e não sei quem da minha roda o havia descoberto. Deve ter sido a Germaninha, mais boêmia que nós todos. Nós, Ovalle, Dantinho, Osvaldo Costa. O nosso *menu* era invariável: bife à moda da casa, um só prato para os cinco, mas reforçado com muito pão e muito arroz. Vinho, naturalmente. Do Rio Grande, ainda mais naturalmente.

Bons tempos aqueles, em que Ovalle ainda tocava violão, Dantinho cantava as modinhas de Catulo, Osvaldo era alegre e loquaz, a boa Germaninha vivia... Havia, ainda, no Rio de 1920, uns visos de Pasárgada. (Tinha alcaloide à vontade. Tinha prostitutas bonitas para a gente namorar...) O Mangue era novidade como bairro do meretrício e os literatos estrangeiros que por aqui passavam não deixavam de ir lá tomar conhecimento daquele fato social, ao mesmo tempo repelente e empolgante como uma bela pústula. Segall fixou-o num álbum maravilhoso, eu num poema em que achei jeito de meter até a Tia Ciata e que publiquei no "Mês Modernista" de *A Noite*.

O Reis, onde às vezes se tinha a surpresa de encontrar uma grande figura, como Alfonso Reyes, Embaixador do México, que ali recebeu a homenagem de um jantar oferecido por poetas e jornalistas, era limpíssimo: basta dizer que saiu sempre com honra das "batidas" dos comandos de Capriglioni.

7/9/1955

FLORA

A semana passada, eu estava me vestindo para sair, e já em cima da hora, quando Paulo Gomide me telefona, não para me comunicar um de seus estranhos poemas, acabado de fazer, como é às vezes o caso, mas para me convidar a ver uma pedra.
– Uma pedra, Gomide?
– Sim, uma pedra com plantas.
A coisa era meio misteriosa, e o mistério decidiu-me. Fui. Tratava-se de visitar uma senhora, moradora à rua Soares Cabral, numa casa cujos fundos dão para uma aba de morro. A pedra era esse morro. Dessa pedra fez dona Hermelinda Flora dos Santos Lemos um sonho das *Mil e uma noites*, enchendo-a de plantas, construindo, em socalcos, estufas de ripado, que abrigam as mais belas e preciosas plantas do Brasil. Muitas delas em flor, como as orquídeas, os antúrios, as violetas. Mas no jardim de dona Flora as flores passam quase despercebidas. Para dona Flora o que conta realmente são as plantas, e ela se tem batido para que nas exposições elas, que apenas costumam aparecer como humilde fundo ornamental, sejam apresentadas em igualdade de condições com as orgulhosas flores.

Dona Flora não é desses colecionadores ricos, que gozam do prazer de possuir as plantas, deixando a mãos mercenárias o trabalho de as tratar. O prazer de dona Flora é cuidar ela mesma de suas plantas, e para isso se levanta todos os dias às 5 da manhã. Aquelas plantinhas são todas como suas filhas. Conhece-as uma por uma.

– As plantas, disse-me ela, são caprichosas, teimosas. Às vezes estranham ser mudadas para um metro de distância mais longe.

Sempre tive inveja de quem nasceu com vocação para alguma coisa. Trabalhar naquilo para que se tem vocação é a grande felicidade. Quem nasce com isso, nasce armado para suportar e vencer todos os contratempos, todas as agruras da vida. Vocação para a pintura, como Portinari, vocação para a música, como Villa-Lobos. Vocação para as plantas como dona Flora.

Desse paraisozinho da rua Soares Cabral trouxe para o meu apartamento da avenida Beira-Mar uma criaturinha encantadora, de sete centímetros de altura e doze pétalas veludosas de um verde indefinível, uma cactácea, "planta gorda", como é vulgarmente conhecida, para a qual os cientistas arranjaram um nome sesquipedantíssimo: *Kalanchoe tomentosa*, vejam só! Mas para mim ela será, sempre, Gordinha, minha mais recente namorada. Mais uma vez obrigado, dona Flora. Deus a abençoe e às suas plantinhas!

18/4/1956

ELSIE HOUSTON

Vi Elsie Houston pela primeira vez na casa de Senador Vergueiro, aonde fui levado por Jaime Ovalle. Estava lá Luciano Gallet. Fez-se música. Elsie cantou. Ainda não pensava em fazer vida artística, mas Gallet e Ovalle pressentiam nela a intérprete que haveria de ser – incomparável – da nossa música popular tradicional. Trazia-a no sangue. Porque o nome de Houston era de empréstimo e serviria, ah, isso sim, a um agente de publicidade norte-americano *to create a sensation*, dando a brasileira como descendente do desbravador do Texas... Elsie era Elza, brasileira da gema, nos olhos, na boca, em todo o corpo, na voz, no riso, na alma...

Aliava ao temperamento, alegre e boêmio, uma grande força de vontade, o que lhe permitiu estudar o canto e a teoria da música com bastante apuro para tirar do seu fio de voz efeitos que ninguém no Brasil jamais conseguiu no gênero a que se dedicou.

Naquela noite fizeram-me dizer o meu "Berimbau", que eu acabara de escrever, e para o qual Ovalle comporia pouco tempo depois uma interpretação musical que deu às minhas pobres palavras o seu verdadeiro acento de assombração amazônica. "Berimbau" foi muito cantado, mas só Elsie Houston é que, com a sua inteligência e o seu temperamento, soube traduzir na voz toda a potencialidade que havia na música de Ovalle.

Oh, o quebranto cansado da melopeia inicial: "Nos iguapés dos aguaçais dos igapós dos japurus..."[17] A inflexão meio irônica, meio de alma penada na solidão da hileia...

---

[17] Provável lapso do poeta, o verso de Berimbau é "...dos Japurás e dos Purus". (N.E.)

Felizmente tudo isso não desapareceu com a artista. Está otimamente gravado em disco, e curioso é que na distorção fonográfica a voz de Elsie ganhava maior prestígio. Assim a cantora deixou numa pequena coleção de discos um repertório padrão da autêntica maneira de interpretar as canções afro-brasileiras, em que insinuava com exemplar sobriedade um dengue, uma malícia, uma ingenuidade de enfeitiçar.

Depois Elsie foi para a Europa, caiu no meio *surréaliste*, casou-se com um poeta do grupo, Benjamin Péret, com quem voltou para o Brasil, já cantora profissional. E uma vez, na minha casinha de Santa Teresa, teve um gesto cujo realismo sacrílego encheu-me de revolta e levou-me a cortar relações com o casal. Elsie tornou a Paris, os anos passaram, ela regressou sozinha, e um dia, em plena avenida Rio Branco, nos encontramos tão de surpresa, o sorriso de Elsie era tão cordial que, antes de qualquer resolução consciente de minha parte, o abraço veio e fizemos as pazes.

Depois foi a viagem aos Estados Unidos, o sucesso fulminante nos *nightclubs* de Nova York, e por fim a notícia brutal do suicídio inesperado...

CRONOLOGIA

1886

A 19 de abril, nasce Manuel Carneiro de Souza Bandeira Filho, em Recife. Seus pais, Manuel Carneiro de Souza Bandeira e Francelina Ribeiro de Souza Bandeira.

1890

A família se transfere para o Rio de Janeiro, depois para Santos, São Paulo e novamente para o Rio de Janeiro.

1892

Volta para Recife.

1896-1902

Novamente no Rio de Janeiro, cursa o externato do Ginásio Nacional, atual Colégio Pedro II.

1903-1908

Transfere-se para São Paulo, onde cursa a Escola Politécnica. Por influência do pai, começa a estudar arquitetura. Em 1904, doente (tuberculose), volta ao Rio de Janeiro para se tratar. Em seguida, ainda em tratamento, reside em Campanha, Teresópolis, Maranguape, Uruquê e Quixeramobim.

1913

Segue para a Europa, para tratar-se no sanatório de Clavadel, Suíça. Tenta publicar um primeiro livro, *Poemetos melancólicos*, perdido no sanatório quando o poeta retorna ao Brasil.

1916

Morre a mãe do poeta.

1917

Publica o primeiro livro, *A cinza das horas*.

1918

Morre a irmã do poeta, sua enfermeira desde 1904.

1919

Publica *Carnaval*.

1920

Morre o pai do poeta.

1922

Em São Paulo, Ronald de Carvalho lê o poema "Os sapos", de *Carnaval*, na Semana de Arte Moderna. Morre o irmão do poeta.

1924

Publica *Poesias*, que reúne *A cinza das horas*, *Carnaval* e *O ritmo dissoluto*.

1925

Começa a escrever para o "Mês Modernista", página dos modernistas em *A Noite*.
Exerce a crítica musical nas revistas *A Ideia Ilustrada* e *Ariel*.

1926

Como jornalista, viaja por Salvador, Recife, João Pessoa, Fortaleza, São Luís e Belém.

1928-1929

Viaja a Minas Gerais e São Paulo. Como fiscal de bancas examinadoras, viaja para Recife. Começa a escrever crônicas para o *Diário Nacional*, de São Paulo, e *A Província*, do Recife.

1930

Publica *Libertinagem*.

1935

Nomeado pelo ministro Gustavo Capanema inspetor de ensino secundário.

1936

Publica *Estrela da manhã*, em edição fora de comércio.
Os amigos publicam *Homenagem a Manuel Bandeira*, com poemas, estudos críticos e comentários sobre sua vida e obra.

1937

Publica *Crônicas da Província do Brasil*, *Poesias escolhidas* e *Antologia dos poetas brasileiros da fase romântica*.

1938

Nomeado pelo ministro Gustavo Capanema professor de literatura do Colégio Pedro II e membro do Conselho Consultivo do Departamento do Patrimônio Histórico e Artístico Nacional.
Publica *Antologia dos poetas brasileiros da fase parnasiana* e o ensaio *Guia de Ouro Preto*.

1940

Publica *Poesias completas* e os ensaios *Noções de história das literaturas* e *A autoria das "Cartas chilenas"*.
Eleito para a Academia Brasileira de Letras.

1941

Exerce a crítica de artes plásticas em *A Manhã*, do Rio de Janeiro.

1942

Eleito para a Sociedade Felipe d'Oliveira. Organiza *Sonetos completos e poemas escolhidos*, de Antero de Quental.

1943

Nomeado professor de literatura hispano-americana na Faculdade Nacional de Filosofia. Deixa o Colégio Pedro II.

1944

Publica uma nova edição ampliada das suas *Poesias completas* e organiza *Obras poéticas*, de Gonçalves Dias.

1945

Publica *Poemas traduzidos*.

1946

Publica *Apresentação da poesia brasileira*, *Antologia dos poetas brasileiros bissextos contemporâneos* e, no México, *Panorama de la poesía brasileña*.
Conquista o Prêmio de Poesia do IBEC.

1948

Publica *Mafuá do malungo: jogos onomásticos e outros versos de circunstância*, em edição fora de comércio, um novo volume de *Poesias escolhidas* e novas edições aumentadas de *Poesias completas* e *Poemas traduzidos*.
Organiza *Rimas*, de José Albano.

1949

Publica o ensaio *Literatura hispano-americana*.

1951

A convite de amigos, candidata-se a deputado pelo Partido Socialista Brasileiro, mas não se elege.
Publica nova edição, novamente aumentada, das *Poesias completas*.

1952

Publica *Opus 10*, em edição fora de comércio, e a biografia *Gonçalves Dias*.

1954

Publica as memórias *Itinerário de Pasárgada* e o livro de ensaios *De poetas e de poesia*.

1955

Publica *50 poemas escolhidos pelo autor* e *Poesias*. Começa a escrever crônicas para o *Jornal do Brasil*, do Rio de Janeiro, e *Folha da Manhã*, de São Paulo.

1956

Publica o ensaio *Versificação em língua portuguesa*, uma nova edição de *Poemas traduzidos* e, em Lisboa, *Obras poéticas*. Aposenta-se compulsoriamente como professor de literatura hispano-americana da Faculdade Nacional de Filosofia.

1957

Publica o livro de crônicas *Flauta de papel* e a edição conjunta *Itinerário de Pasárgada/De poetas e de poesia*.
Viaja para Holanda, Inglaterra e França.

1958

Publica *Poesia e prosa* (obra reunida, em dois volumes), a antologia *Gonçalves Dias*, uma nova edição de *Noções de história das literaturas* e, em Washington, *Brief History of Brazilian Literature*.

1960

Publica *Pasárgada*, *Alumbramentos* e *Estrela da tarde*, todos em edição fora de comércio, e, em Paris, *Poèmes*.

1961

Publica *Antologia poética*. Começa a escrever crônicas para o programa *Quadrante*, da Rádio Ministério da Educação.

1962

Publica *Poesia e vida de Gonçalves Dias*.

1963

Publica a segunda edição de *Estrela da tarde* (acrescida de poemas inéditos e da tradução de *Auto sacramental do Divino Narciso*, de Sóror Juana Inés de la Cruz) e a antologia *Poetas do Brasil*, organizada em parceria com José Guilherme Merquior. Começa a escrever crônicas para o programa *Vozes da cidade*, da Rádio Roquette-Pinto.

1964

Publica em Paris o livro *Manuel Bandeira*, com tradução e organização de Michel Simon, e, em Nova York, *Brief History of Brazilian Literature*.

1965

Publica *Rio de Janeiro em prosa & verso*, livro organizado em parceria com Carlos Drummond de Andrade, *Antologia dos poetas brasileiros da fase simbolista* e, em edição fora de comércio, o álbum *Preparação para a morte*.

1966

Recebe, das mãos do presidente da República, a Ordem do Mérito Nacional.

Publica *Os reis vagabundos e mais 50 crônicas*, com organização de Rubem Braga, *Estrela da vida inteira* (poesia completa) e o livro de crônicas *Andorinha, andorinha*, com organização de Carlos Drummond de Andrade.

Conquista o título de Cidadão Carioca, da Assembleia Legislativa do Estado da Guanabara, e o Prêmio Moinho Santista.

1967

Publica *Poesia completa e prosa*, em volume único, e a *Antologia dos poetas brasileiros da fase moderna*, em dois volumes, organizada em parceria com Walmir Ayala.

1968

Publica o livro de crônicas *Colóquio unilateralmente sentimental*.
Falece a 13 de outubro, no Rio de Janeiro.

GRÁFICA PAYM
Tel. (11) 4392-3344
paym@terra.com.br